KB172319

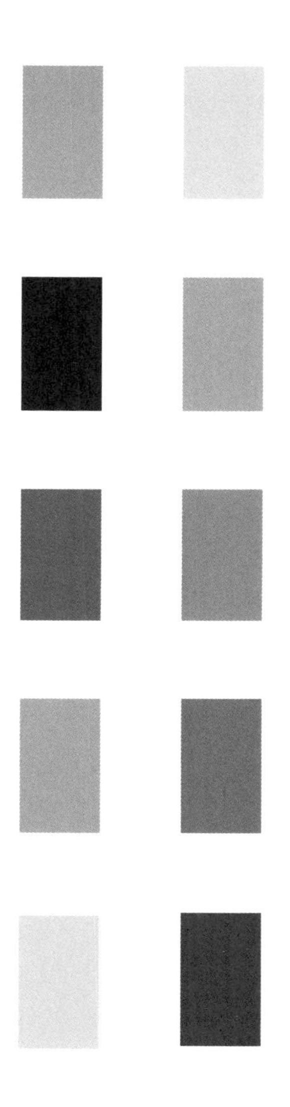

2017 오늘의 좋은 시

김석환 · 이은봉 · 이혜원 · 맹문재 엮음

2017 오늘의 좋은 시

초판 1쇄 인쇄 · 2017년 2월 24일
초판 1쇄 발행 · 2017년 3월 4일

엮은이 · 김석환, 이은봉, 이혜원, 맹문재
펴낸이 · 한봉숙
펴낸곳 · 푸른사상

주간 · 맹문재 | 편집 · 지순이, 홍은표 | 교정 · 김수란
등록 · 1999년 7월 8일 제2-2876호
주소 · 경기도 파주시 회동길 337-16(서패동 470-6)
대표전화 · 031) 955-9111(2) | 팩시밀리 · 031) 955-9114
이메일 · prun21chanmail.net / prunsasangnaver.com
홈페이지 · http://www.prun21c.com

ISBN 979-11-308-1080-5 03810

값 15,000원

이 도서의 국립중앙도서관 출판예정도서목록(CIP)은 서지정보유통지원시스템 홈페이지(http://seoji.nl.go.kr)와 국가자료공동목록시스템(http://www.nl.go.kr/kolisnet)에서 이용하실 수 있습니다. (CIP제어번호 : CIP2017004066)

2017 오늘의 좋은 시

김석환 · 이은봉 · 이혜원 · 맹문재 엮음

책을 내면서

2016년의 문학잡지에 발표된 시 작품들 중에서 좋은 시 121편을 선정했다. 『2016 오늘의 좋은 시』에 들지 않은 새로운 시인의 작품은 77편이다. 지난해에도 77편이었고, 지지난해는 83편이었다. 이렇듯 이 선집은 객관성을 갖기 위해 나름대로 노력하고 있다. 그렇지만 워낙 많은 시인들이 활동하고 있기 때문에 이 선집이 우리 시단의 대표성을 갖는다고 말할 수는 없다. 수록되지 못한 시인들에게 깊은 이해를 구한다.

이 선집에서 정한 '좋은 시'의 기준은 이전과 마찬가지로 작품의 완성도가 우선이지만 독자와의 소통적인 면도 고려했다. 시인들의 다양한 시 세계를 인정하면서도 주관성이 지나쳐 소통하기 어려운 작품들은 선정하지 않았다. 따라서 이 선집은 난해한 작품들을 수용하지 못한 한계를 가지고 있다.

좋은 시를 선정한다는 것은 모순적인 일이라고 볼 수 있다. 시 작품의 존재 가치는 다양한 시 세계를 펼치는 데 있기 때문이다. 따라서 시작품의 우열을 가린다는 것은 매우 어렵고도 위험할 수 있다. 그렇지만 시인들의 작품 성과를 토대로 우리 시의 흐름을 파악해서 지형도를 마련하는 일 또한 필요하기에 이 작업은 계속될 것이다.

이 선집은 그 책임감을 갖기 위해 선정된 작품마다 해설을 달았다. 필자의 표기는 다음과 같다.

김석환=a, 이은봉=b, 이혜원=c, 맹문재=d.

독자들이 시집을 찾는 경우가 점점 줄어들고 있는데, 이 선집이 회복하는 데 조금이나마 역할을 할 수 있기를 기대한다. 시인들에게는 작품 활동의 즐거움이, 독자들에게는 시 읽기의 즐거움이 있기를 바라는 것이다. 이 희망은 마치 민주주의를 바라며 광화문광장에서 촛불을 밝히는 시민들의 심정과 같다고 볼 수 있다.

2017년 2월

엮은이들

차례

2017
오늘의
좋은
시

걸어서 모닝콜

강인한

텐트의 가림막을 다 내렸다.
밤이 깊어가는데
하마들은 마라강에서 소리 지른다. 저 소릴 들으며
어떻게 잠을 이루나.

침대 속 따끈한 물통을 굴리다 이리저리
이리저리 새벽,
하마들이 또다시 끙끙거린다.
캄캄한 세 시 반,

강에서 하마들 누렇게 칭얼거리는 소리 돌돌 말아
당신이 내다보는 창밖 산딸나무 가장귀에 걸어주고 싶다,
는 우스운 생각을 궁글리다
풍덩 잠에 빠졌는데

내가 잠자는 천막 가까이 대고 굿모닝.
또 저편 우리 아이들 자는 천막에 대고 굿모닝.
페어몬트 마라 사파리클럽 직원이 직접 배달에 나선 듯
굿모닝 디스 이즈 모닝콜.

(『시로여는세상』 2016년 겨울호)

최근 들어서는 한국 사람들도 자주 해외여행을 한다. 이 시에서도 시인은 해외여행을 하며 겪은 특별한 에피소드를 노래하고 있다. 이때의 특별한 에피소드는 아프리카 케냐 등에서 체험한 사파리 여행을 가리킨다. 사파리 여행을 하게 되면 때로 텐트 호텔에서 묵기도 한다. 호텔이라고는 하지만 텐트에서의 잠자리가 오죽하겠는가. 시인은 그와 관련하여 우선 "텐트의 가림막을 다 내렸다./밤이 깊어가는데/하마들은 마라강에서 소리 지른다. 저 소릴 들으며/어떻게 잠을 이루나" 하고 노래한다. 마라강에서 "하마들 누렇게 칭얼거리는 소리"가 자꾸만 들려오는데, 어떻게 잠을 이룬다는 것인가. 하지만 걱정 중에도 시인은 "풍덩 잠에 빠"져든다, 그렇게 아침 잠에 빠졌을 때 "사파리클럽 직원이" "천막 가까이 대고" "굿모닝 디스 이즈 모닝콜" 하고 모닝콜을 "직접 배달"한다. 원시적인 모닝콜이지만 여간 신선한 것이 아니다. 이처럼 낡고 시원적인 것이 오히려 새로운 것일 수도 있다. (b)

꽃의 그림자

강정

낮엔 잘 보지 않았다
너무 예뻐서
그 예쁨이 칼 같아서

작은 불빛 아래 길게 누운 밤,
천장에 비친 잠의 그림자

실제보다
커졌다 작아졌다 한다

움직이기도
표정을 짓기도 한다

소리를 듣기도
속삭이기도 한다

낮 동안 오래 참다
어둠 속에서야 입을 꼬물거리는
스스로 잘라버린 만화(萬化)의 뿌리

빛이 없었다면
안 보였을 것이나

어둠이 아니었다면
눈여겨보지 않았을 것

꽃은 웃는 척 웃지 않는다
말하는 척 입 열지 않는다
누가 꽃에서 화사함만 보는가

천국과 지옥 사이에서 밀봉된 입술
누가 그 참혹의 체취를 훔쳐
선의만 치장하려 하는가

긴 침묵의 밤이 무서워
속 깊은 울음을 그림자만 내놓으니
나비 떼를 겁내는 이것은
멸종을 예감한 미래의 유골
긴 사랑의 눈빛이 아직 까맣다

(『한국문학』 2016년 봄호)

꽃에 대한 시는 많고 많지만 꽃의 '그림자'에 대한 시는 흔치 않다. 꽃의 화려한 빛깔과 향기는 즉각적인 감흥을 일으키며 시심을 자극한다. 이 시의 화자는 그래서 오히려 낮엔 꽃을 잘 보지 않았다고 한다. 꽃은 너무 예뻐서 칼처럼 저돌적으로 상대를 제압하기 때문이다. 그런데 밤에 만나는 꽃은 낮에는 잘 보이지 않던 색다른 모습을 드러낸다. 잠결인 듯 꿈결인 듯 비치는 꽃은 다양한 크기와 표정, 소리를 담고 있다. 아마도 남들이 보지 않는 어둠 속에서 낮 동안 참았던 "만화(萬化)의 뿌리"를 드러내 보이는 것일 테다. 잠결에 무의식을 드러내는 사람들처럼 어둠 속에서 꽃은 자신의 가장 깊숙한 속내를 내비친다. 사람들은 그 화사함만을 보려 하지만 꽃은 실은 "천국과 지옥 사이에서 밀봉된 입술"이라 할 만하다. 밤에만 볼 수 있는 꽃의 그림자는 가장 아름다운 절정의 순간 "멸종을 예감한 미래의 유골"이 되는 아이러니한 생의 비밀을 열어 보인다. 밤의 침묵 속에 울리는 꽃의 "속 깊은 울음" 또한 낮에는 느낄 수 없는 꽃의 비밀이다. 밤에 만난 꽃의 그림자에서 꽃에 대한 통념을 넘어서는 색다른 감각과 사색을 이끌어내는 과정이 흥미롭다. (c)

자본 주의

— 귀신같은 사람들

강형철

'네 것' '내 것' 구별 없이
있는 것 나누어 먹고 서로 의지하며
살아가는 개인을 보면
사람 좋다고
법 없이도 살 사람들이라며 환영하지만

개인만 그럴 것이 아니라 여러 사람이 그리 살자고
힘을 모으면

좀 더 과학적으로 집단적으로 살아보자
뜻을 세우면
그 순간 못된 이데올로기가 되는
귀신같은 세상

제 것에 큰 손해 없을 때는
'좋은 사람'이었다가
제 것에 손해가 될 가능성이 있다 생각되면
'빨갱이냐' 소리치며 나타나는
귀신같은 사람들

(『신생』 2016년 겨울호)

일단은 이 시의 제목이 '자본주의'가 아니라 '자본 주의'라는 것에 관심을 가질 필요가 있다. 띄어쓰기를 한 이 '자본 주의'라는 말 속에는 이데올로기로서의 '자본주의'만이 아니라 '자본'을 주의하라는 뜻도 들어 있다. 게다가 부제도 '귀신같은 사람들'이다. 이 귀신같은 사람들을 어떻게 하나! 사람들은 흔히 "'네 것' '내 것' 구별 없이/있는 것 나누어 먹고 서로 의지하며/살아가는 개인을 보면/사람 좋다고/법 없이도 살 사람들이라며 환영"을 한다. 하지만 "개인만 그럴 것이 아니라 여러 사람이 그리 살자고/힘을 모으면/좀 더 과학적으로 집단적으로 살아보자/뜻을 세우면/그 순간 못된 이데올로기가"가 된다. 그것이 지금의 이 "귀신같은 사람들"이 살아가는 "귀신같은 세상"이다. "제 것에 큰 손해 없을 때는/'좋은 사람'이었다가/제 것에 손해가 될 가능성이 있다 생각되면/'빨갱이냐' 소리치며 나타나는" 것이 지금의 사람들이다. 이 "귀신같은 사람들"의 "귀신같은 세상"을 어떻게 하나. 이런 것을 생각할 때마다 시인은 시름이 깊다. (b)

적막

고영민

매년 오던 꽃이 올해는 오지 않는다
꽃 없는 군자란의
봄이란

잎새 사이를 내려다본다
꽃대가 올라왔을
멀고도 아득한 길
어찌 봄이 꽃으로만 올까마는
꽃을 놓친
너의 마음이란

봄 오는 일이
결국은 꽃 한 송이 머리에 이고 와
한 열흘 누군가 앞에
말없이 서 있다 가는 것임을

뿌리로부터
흙과 물로부터 오다가
끝내 발길을 돌려
왔던 길을 되짚어 갔을
꽃의 긴 그림자

(『문학동네』 2016년 여름호)

매년 꽃을 피워 봄이 왔음을 알리던 군자란이 꽃대만 밀어올린 채 꽃을 보여주지 않는 까닭이 무엇일까. 시인은 "꽃을 놓친" 군자란 잎새 사이를 내려다보며 "봄이 오는 일"에 대한 생각에 잠긴다. 즉 생명의 근원과 형상의 관계 또는 생성과 소멸에 대한 탐색을 시작한다. 그리고 한 생명이 태어나 소멸되기까지 과정이란 꽃이 "한 열흘" 동안 피어 있다가 지는 것이나 다름없다는 걸 깨닫는다. 그런데 꽃이 피지 않은 까닭은 그 근원인 뿌리 또는 흙과 물에서 비롯되었으나 그 실재를 인정받지 못하는 세상으로부터 "발길을 돌려" 되돌아갔기 때문이라고 여긴다. 시인은 "꽃의 긴 그림자", 즉 형상의 깊이에 숨은 실재를 찾기 위해 '적막' 속으로 긴 탐색의 시선을 보내고 있는 것이다. (a)

당신 발을 씻기며

고진하

오늘은 당신 귀빠진 날,
뭘 선물할까 곰곰 생각하다가
세숫대야에 더운물을 떠다가 당신 발을 씻기네
잠들 때를 제외하곤
이 방에서 저 방으로, 부엌에서
마당으로, 텃밭으로 끊임없이 움직이며
우리 식구들을 살렸던
살림의 으뜸,
당신 발에 입을 맞추네

당신 자신에게도 사랑받지 못한,
나 역시 무심했던
당신 발의 노고(勞苦)를 모처럼 기억하는 시간,
발톱조차 마모되어 그 흔적만 남은
새끼발가락,
한 방울 눈물처럼 선연하네

— 어떻게 이런 신통한 생각을 했죠?
— 그냥! 씻겨주고 싶었소,

발, 살림의 으뜸, 그냥
어루만져주고 싶었어

우리 식구들 흔들리지 않게 하는 지축이잖아
흔들리는 것이 유한한 인간의 운명이지만
당신 발은
운명 따위를 과감히 밟고 지나가곤 했잖아

당신 자신에게도 사랑받지 못한,
나 역시 무심했던 발에
물을 끼얹어 부드럽게 어루만지네
잠들 때를 제외하곤
이 방에서 저 방으로, 부엌에서
마당으로, 텃밭으로 끊임없이 움직이며
우리 식구들을 살렸던
사랑의 으뜸,
당신 발에 입을 맞추네

(『시로여는세상』 2016년 겨울호)

이 시에는 아름다운 세족식이 거행되고 있다. 예수님이 제자의 발을 씻겨주며 자신을 낮추던 세족식! 이 시에서 세족식의 대상은 제자가 아니라 아내이다. 아내의 생일, 어떤 선물을 할까 생각하다가 시인은 "세숫대야에 더운물을 떠다가" 아내의 발을 씻겨준다. "잠들 때를 제외하곤" 쉴 틈이 없는 것이 아내의 발이다. "이 방에서 저 방으로, 부엌에서/마당으로, 텃밭으로 끊임없이 움직이며" 식구들을 "살렸던/살림의 으뜸"인 발, 아내의 발에는 억겁의 무게로 눌린 시간이 고스란히 담겨 있다. 지금은 "발톱조차 마모되어 그 흔적만" 남아 있다. 시인은 식구들을 살리기 위한 아내의 "노고"를 오늘에서야 확인한다. 운명 따위에 굴하지 않고 "과감히 밟고 지나가곤" 했던 것이 아내의 이 발이다. "흔들리는 것이 유한한 인간의 운명이지만" 아내의 발은 그 어떤 시련과 고난에도 흔들린 적이 없다. 시인은 그런 아내의 발에 "물을 끼얹어 부드럽게 어루만"지며 "입을 맞"춘다. 어찌 아름다운 입맞춤이 아니겠는가. (b)

가래나무 열매 염주를 꿰며

공광규

어머니가 돌아가신 지 꼭 8년 만에
끊어진 가래나무 열매 염주를 다시 꿰었다.

돌아가시던 해 벽장을 정리하다가 찾은 유품인데
염주를 돌리자 끈이 툭 끊어져
방바닥에 데굴데굴 흩어졌던 것들이다.

책상 서랍에서 몇 년을 묵히다가
낡은 부채의 고리를 풀어서 꿴 것이다.

열매를 다 꿰어 굴리니까 까끌까끌한 열매 표피가
어머니 손가락 마디마디를 만지는 느낌이다.

염주를 굴리며 침대에 올라가니
이부자리가 어머니 품처럼 편안하다.

(『시와사람』 2016년 봄/여름호)

이 시에서 시인은 "가래나무 열매 염주"를 통해 어머니의 모습을 형상화한다. 올해로 어머니가 돌아가신 지 "8년"이다. 시인은 8년 만에 어머니의 유품을 조심스레 꺼내본다. 실은 어머니가 "돌아가시던 해 벽장을 정리하다가 찾은 유품인데" 그동안 묵혀두었던 것이다. 그동안은 어머니의 부재가 실감나지 않았기 때문이리라. 8년 전의 일인데, 벽장에서 찾은 어머니의 염주를 "돌리자" 마치 염주 또한 생을 다한 것처럼 "끈이 툭 끊어져"버린다. 이 시에서 시인은 그때의 염주를 "책상 서랍에서 몇 년" 묵혔다가 "낡은 부채의 고리를 풀어" 조심스레 꿰어본다. "열매를 다 꿰어 굴리니" "까끌까끌한 열매 표피가/어머니 손가락 마디마디를 만지는 느낌이" 든다. 자식들을 키워내느라 고단했을 어머니의 손, 곱디고운 손으로 시집와 마디마디 옹이가 박히고 굵어졌을 어머니의 손, 시인은 이 "가래나무 열매 염주"에서 어머니의 체취를 느낀다. "염주를 굴리며" 침대에 오르니 마치 "이부자리가 어머니의 품처럼 편안"하게 느껴진다는 표현이 이를 잘 말해준다. 어머니를 향한 시인의 애절함과 그리움이 깊이 배어 있는 시이다. (b)

토렴하는 국밥

권달웅

겨울 새벽 시장 국밥집 아주머니가
밥에 뜨거운 국물을
부었다 따랐다 부었다 따랐다
토렴을 한다

새벽일을 끝낸 사람들이
아픈 손을 떨면서 깍두기 집어 먹고
한 숟가락 뜬 뜨거운 국물을
후루룩 마신다

몸이 후끈해진다
춥고 쓸쓸한 새벽 한기를
덥혀주는 국밥의 온기
얼어붙은 골목 하수구 밥알을 물고
나는 비둘기처럼 후루룩
국밥을 먹는다

살아가는 사람들 소리가 와글거리는
남대문 새벽 시장
언 몸을 녹여주는 국밥 한 그릇

(『시와시학』 2016년 여름호)

이 시의 공간은 "남대문 새벽 시장"이다. 새벽 시장은 "일을 끝낸 사람들"과 일을 시작하려는 사람들이 교차하는 곳이다. 아직 해가 뜨지 않은 시간인데도 아침을 제일 먼저 여는 사람들이 있는 곳이 새벽 시장이다. 새벽 시장은 사람들이 살아가는 "와글거리는" 소리가 함께하는 곳이기도 하다. "새벽일을 끝낸 사람들"의 노동은 고되다. 그러니 그 사람들은 "아픈 손을 떨면서" 밥을 먹을 수밖에 없다. "춥고 쓸쓸한 새벽 한기를" 꿋꿋하게 견디어내는 것이 그들이다. 그들에게는 "겨울 새벽 시장 국밥집 아주머니가" 토렴해주는 따뜻한 "국밥 한 그릇"이 있기 때문이다. "한 숟가락 뜬 뜨거운 국물"은 이들의 몸과 마음을 따뜻하게 덥혀준다. 새벽을 여는 사람들에게 온기를 넣어주는 토렴하는 국밥 한 그릇은 이처럼 삶의 활력소가 된다. 시인도 이 새벽 시장에서 새벽을 여는 사람들과 함께 "비둘기처럼 후루룩/국밥을" 먹는다. 토렴을 해 국물의 온도를 맞추듯, 삶의 온도도 일정하게 맞출 수 있으면 좋겠다. "와글거리는" 소리가 있어 그들은 나날의 삶을 잘 견딜 수 있으리라. (b)

유령의 독서

길상호

명왕성과 해왕성을 담은
두 눈을 굴리면서
고양이가 담장을 넘어간다

언제 한번 만나야죠,
언제가 좋아요?
달력 속의 약속은 기일을 넘긴 지 오래

이승과 저승을 오가던 그는
오늘도 무사히 고비를 넘겼다 한다

담장은 고양이의 책
달력은 약속들의 책
고비는 환자들의 책

허기는 우리 모두의 책

오늘의 페이지를 다 읽기도 전에
내일의 페이지가 뒷장에 따라붙는다

바람도 없는 저녁에
정의되지 않는 사전이
투명한 지문을 찍으며 혼자 넘어간다

(『시와표현』 2016년 가을호)

“명왕성과 해왕성”이 뜨는 밤이 오면 “담장을 넘어”가는 고양이는 늘 누군가를 기다리고 만남을 약속하며 사는 인간을 대신하는지도 모른다. 그런데 언젠가 한번 만나기 위해 달력 속에 표시를 해둔 약속 날짜는 이미 지나고 “이승과 저승을 오가”며 중병을 앓고 있는 그는 겨우 “고비를 넘겼다”. 그렇게 인간은 늘 누군가를 그리워하고 달력에 약속 시간을 표시해두며 삶과 죽음의 고비를 넘나들며 살아간다. 그것은 “허기”, 즉 내면 깊이에서 끝없이 발동하는 욕망 때문일 것이다. 그러나 그 욕망을 다 만족하지 못한 채 오늘을 보내고 “내일의 페이지가 뒷장에 따라붙는” 것을 또 읽고 받아들이고 만다. 늘 기다리는 새로운 날들이 미처 “정의되지 않는 사전”처럼 지나가버리면 그 의미를 해독할 수 없는 “투명한 지문”만 남을 것이다. 그렇게 정체를 다 헤아리지 못하는 “유령” 같은 무엇인가를 욕망하며 일상을 살아가는 인간의 부조리한 실존을 암시하고 있다. (a)

무한으로

김규화

제 키를 몇 뼘의 실로 뽑아내며
빈 방 틈틈이에다 수천 마리의 흑두루미를 품어 재우는
순천만 갈대의 몸은 몇이나 될까
얇은 홑이불 덮고 서서 잠자는
갈대의 침대의 끝은 어디일까

갈대는 바람이 불면 몸을 흔들다가
사그락사그락 말을 꺼내고
유한(有限) 한쪽을 잘라서 나는
한눈에 멀리 무한(無限)을 잰다
2015년 10월 25일의 바람을 잰다

온 나라에 흩어져 사는 심봉사가 모여든다, 아버지를 찾아 말라버린 심청이의 눈물이 안약 한 방울로 흥건해지고 유한을 찾아 순천만 갈대밭으로 온 나라에 흩어져 사는 갈대가 모여든다

갈대의 품속을 바람이 헤매다가
흑두루미를 내쫓으며 숨어 사는 우렁이를 삼켜버린다
아무리 먹어도 배부르지 않은 투명복의 바람이
순천시청 지붕에서 맴돌다가
무한이라는 수수께끼를 남겨놓고 어딘지 날아가버린다

(『시문학』 2016년 6월호)

갈대가 우거진 "순천만" 또는 그곳이 축소된 "침대"는 곧 갈대가 대신하는 인간의 '유한'한 삶의 현장을 대신한다. 시인은 그곳에서 바람이 불면 갈대가 몸을 흔들며 들려주는 말을 듣는다. 그리고 순천만 갈대숲의 끝 너머로 멀리까지 펼쳐진 바다의 '무한'을 재다가 심봉사와 심청이를 끌어들인다. 따라서 "순천만 갈대밭"으로 모여든 '심봉사'와 '갈대'는 '유한'에 집착하여 '무한'을 보지 못하는, 정신적으로 장님이나 다름없는 군중들의 다른 이름이다. 그리고 아버지를 찾아 말라버린 "눈물이 안약 한 방울로 홍건해지"는 심청이는 허위와 가식을 일삼는 이들을 대신할 것이다. 한편 아무리 먹어도 배부르지 않는 "바람"은 약육강식의 원리를 좇는 인간의 탐욕을 암시한다. 그 '바람'은 순천시청 지붕에서 맴돌다 '유한'한 것에 눈이 멀어버린 이들에게 '무한이라는 수수께끼'를 과제처럼 남겨두고 날아가버린다. (a)

문학

김나영

지인의 공동 텃밭으로 푸성귀 수확하러 갔다
상추며 고추며 깻잎이 시퍼런 기세로 땅을 잠식하고 있었다
개중에 텃밭이라는 만만한 이름을 갈아엎고
따글따글한 땅콩부대를 매복해놓은 밭
참깻단을 아파치 요새처럼 세워둔 밭
치렁치렁한 고구마 줄기 아래 기름진 둔덕도 보였다
여기도 전쟁터다 어디로 눈 돌려도 먹고사는 문제가 문제다
이 질서에서 한 발짝도 벗어나지 못하는 땅벌레가 되어
두 발을 푹푹 심으며 푸성귀를 땄다
초록빛도 지겨워질 무렵 인근 텃밭 저편
도서관 구석진 자리로 내몰린 시집 코너처럼
붉은 백일홍이! 먹거리 일색인 텃밭에 꽃을?
일부러 백일홍 씨앗을 채소와 함께 나란히 파종했을,
그것은 텃밭 주인의 공복이 쏘아 올린 꽃
그 어떤 기름진 소출(所出)을 먹어도
채워지지 않는 허기가 남으니까 먹어도
먹어도 공복의 중심은 비어 있으니까, 도넛 구멍처럼
손과 입술에 설탕가루를 잔뜩 묻히고
지루한 빵의 테두리를 벗어나지 못하는 생의 지경에서
먼 부름에 답 하듯 경작했을,
우리들의 초상을 가만히 짐작해 본다

(『서정시학』 2015년 겨울호)

언어예술인 문학이 궁극적으로 추구하는 가치가 무엇이며 인간에게 어떤 도움을 주는 것일까. 시인은 '문학'이라는 매우 추상적인 어휘를 제목으로 삼아 지인의 "공동 텃밭"에 가서 겪은 경험을 소재로 그것을 암시하고 있다. 그곳에는 일상적 식자재인 야채뿐만 아니라 땅콩, 참깨, 고구마 등 먹거리를 기르고 있었다. 그래서 화자는 도시 근교쯤 있을 법한 그곳도 결국 "먹고사는 문제"를 해결하기 위한 "전쟁터"에 지나지 않다는 걸 깨닫는다. 그리고 푸성귀를 따다 텃밭 구석에서 도서관에서도 홀대를 받는 시집 코너 같은 "붉은 백일홍" 꽃밭을 발견하고 놀라움을 감추지 못한다. 그것은 주인이 "기름진 소출을 먹어도/채워지지 않는 허기"를 채우기 위해 키운 것이다. 또한 실용적이고 물질적 가치만으로 만족할 수 없는 인간들에게 미적 가치 또는 정서적 가치를 제공하는 '문학'이나 다름없다는 것이다. (a)

포구에서

김민채

조개구이집에 앉아 조개를 깐다
불에 그슬려 찔끔거리는 조개를 까뒤집는 폼이
시인답지 못하다며 친구가 낄낄거린다
시인 아닌 친구는
시인다운 걸 어디서 배웠는지
적당히 취해 시를 읊어댄다
그 소리에
파도가 서로를 부둥켜안고 밀려갔다 밀려오고
고양이 두 마리 발밑까지 왔다 갔다 한다
친구의 시 낭송에 붙들려 장단을 맞추는 나는
시인스러운 게 어떤 건지도 모른 채
그 판이 다 끝나도록
조개만 까고

(『어울시』 2016년 16호)

"조개구이집"에서 시인은 조개를 까고 있는 동안 "시인 아닌 친구"는 "시를 읊어댄다"니 반어적 상황이다. 그런데 시인이 "조개를 불에 그슬려 찔끔거리는 조개를 까뒤집는" 행위도 상징적 차원에서 볼 때 시 창작과 무관하지 않다. 시를 쓴다는 것은 기표와 기의가 고정된 일상어, 즉 외연적 언어의 단단한 껍질을 벗기고 그 속에 내포된 의미를 드러내는 일이기 때문이다. 친구는 그걸 일상적 차원에서 보며 "시인답지 못하다"고 낄낄거리며 적당히 취해 시를 읊는 것이다. 파도가 "밀려갔다 밀려오"고 고양이 두 마리가 "발밑까지 왔다 갔다" 하는 까닭은 친구의 시 낭송 때문일까. 아니면 시인인 화자가 조개를 까고 있기 때문일까. 화자는 "시인스러운 게 어떤 건지 모른 채" 조개를 까지만 상상력의 불을 지펴 언어의 외피를 벗기느라 여념이 없는 진정한 시인일 것이다. ⓐ

돌의 연가

김석환

그대가 백지에 얼굴을 그려놓고 돌, 이라 이름 짓는 순간 오히려 나는 돌 속에 갇혀 까마득히 멀어질 뿐 사라지는 나를 잡으려 다시 이름을 지어 부르지만 나는 그대 잠든 사이 봉창을 두드리다 나비 무늬 얼룩만 남기고 가는 바람이거나 그대 사는 마을로 건너가는 나루터에 자욱하게 끼었다가 빈 꽃대만 남기고 해 뜨면 사라지는 물안개 끝내 그대와 나는 온전히 만날 수 없는 운명의 굴레를 쓰고 강 언덕에 올라 서로 구겨진 손수건만 흔들고

독방에 갇힌 채 사형 집행을 기다리는 사형수는 마지막 작별 인사를 하고 떠난 애인의 머리칼에서 풍겨 오던 아카시아 샴푸 냄새에 취해 선잠을 자다 떨어지는 빗방울 소리에 깨어나 돌아오지 않을 애인의 발자국 소리를 헤아리고

그대는 타는 목을 적시느라 물을 다 비운 유리잔 투명한 바닥을 내 가슴이라 여기길 나는 목심을 썩히고 썩힌 고사목이 바람이 불면 들려주는 뼈 피리 소리가 그대 목소리인 줄 알고 늘 귀를 씻고 기다리겠네 꽃도 다 지고 눈이 내려 평행선을 긋던 그대와 나의 발자국을 지워주겠네

비로소 우리는 이름을 버리고 눈에 묻혀 함께 잠들겠네

(『시문학』 2016년 1월호)

"돌"은 모든 언어가 지시하는 모든 대상을 대신하며 사물과 언어와의 기호학적 관계를 보여주고 있다. 그런데 언어를 사용하는 인간인 "그대가 백지에 얼굴을 그려놓고 돌, 이라 이름 짓는 순간 나는 오히려 돌 속에 갇혀 까마득히 멀어질 뿐"이다. 기호의 양면인 기표와 기의 사이는 지극히 자의적(恣意的)이기 때문이다. 그리고 언어기호는 대상의 실재를 다 드러낼 수 없고 지시할 수 없다. 그래서 마침내 "돌"을 "나비 무늬 얼룩만 남기고 가는 바람"이거나, 해가 뜨면 사라지는 물안개와 같이 사라지는 것이라고 한다. 그러므로 언어를 사용하는 인간은 대상과 "온전히 만날 수 없는 운명의 굴레를 쓰고 강 언덕에 올라 서로 구겨진 손수건만 흔들고" 있을 수밖에 없다. 2연에서는 "이름"(언어)에 갇힌 "돌"(대상)을 "독방에 갇힌 채 사형 집행을 기다리는 사형수"에 비유한다. 그리고 마지막 연에서 눈이 내려 쌓인 풍경을 그려 "이름"을 부르는 주체와 불리는 객체가 사라진 원초적 상황을 암시한다. (d)

한 끼의 식사

김선

눈썹을 초승달만큼 그리다 말고 출근을 서두른다
밤새 술병 든 사연들이 아직 허공을 맴도는
가리봉역 광장에서 아침 식사 중인 비둘기 두 마리
누구의 눈치도 보지 않는다
허기라는 이름으로 부끄러움을 감춘다
누군가 버려놓은 나쁜 습관들
더벅머리처럼 늘어져 버려진 욕설들
그들은 이런 식사에 더 이상 놀라지도 않는다
먹어도 먹어도 배부르지 않는
그 밥상이 나를 빤히 쳐다본다
손바닥만 한 밥상에서 막 겸상을 끝낸 햇볕 무리가
행인들과 함께 지하도로 몸을 감추는 사이
느릿느릿 건너오는 불안한 시선
신호등 초록 숫자가 바뀔 때마다 잠깐씩 마주쳤으나
여전히 건너지 못한 채 아스팔트 위에서
반 토막 난 눈썹을 그리며 끼니를 때운다
제대로 그리지 못한 눈썹을 닮은
비둘기들의 가난한 식사 같은
내가 교정을 보며 버린 활자들
나는 활자들을 엮어 언어의 집을 만든다
작고 비틀거리는 생각들이 그 집에 들어선다
쓸모없다고 버린 활자와 책들도
다른 누군가에게는 한 끼의 밥이 될 것이다

(『맑은누리문학』 2016년 신년호)

무언가 결핍되고 소외된 것들은 무시당하기 쉽다. 그런데 화자가 초승달만큼 눈썹을 그리다가 출근을 서두르는 것을 보면 무척 힘들고 바쁜 일과에 쫓기는 것 같다. 여성에게 화장을 하는 것은 매끼마다 식사를 하는 것과 같이 중요한 일상사일 텐데…… 그런 화자는 가리봉역 광장에서 비둘기 두 마리가 "누군가 버려놓은 나쁜 습관들"과 "버려진 욕설들"로 허기를 채우는 걸 본다. 그러나 비둘기들은 부끄러워하거나 그 식사를 보고 놀라지 않는다. 화자가 온전하게 "그리지 못한 눈썹"을 닮은 비둘기들의 식사는 곧 그가 "교정을 보며 버린 활자"에 비유된다. 화자는 그 활자들로 "언어의 집"을 지으며 누군가에게 "한 끼의 밥"이 되기를 바란다. 버려진 것들로 식사를 하는 비둘기는 쓸모없다고 버려진 활자로 누군가에게 밥이 되기를 바라며 책을 만드는 화자의 또 다른 모습일 것이다. (a)

월경(月經)

김선태

보름달이 무슨 놋세숫대야만큼이나 누렇고 크다랗게 사립을 엿보는 밤이면 마을 처녀들은 밤새 들판을 쏘다녔다 그때마다 그네들은 어김없이 월경을 하거나 원인 모를 임신을 했다 달의 경전을 읽었는지 암고양이며 밤 짐승들도 징상스럽게는 울어댔다 멀리 방조제 너머 바닷물도 그렁그렁 차올랐다 냇갈에서 목욕하는 아낙들의 희고 둥근 엉덩이가 보름달을 닮았다는 걸 그때 알았다 한번은 보름달을 거울 삼아 둠벙가에서 빨래하던 처녀가 홀연 사라진 일이 있었다 물에 비치는 달빛에 홀려 몽유병 환자처럼 둠벙 속으로 걸어 들어갔던 것이다 긴 간짓대로 휘저으면 머리 푼 처녀가 수면 위로 불쑥 떠올랐다 마을 사람들은 물귀신의 짓이라고 수군댈 뿐 아무도 달빛을 탓하지 않았다 그날 밤은 둥글고 환한 웃음소리가 온 우주에 가득했다

(『미당문학』 2016년 여름호)

이 시의 제목인 '월경(月經)'은 일차적으로 '성숙한 여성의 자궁에서 약 28일을 주기로 출혈하는 생리 현상'을 가리킨다. 하지만 이 시의 '월경(月經)'이라는 말에 그런 뜻만 들어 있는 것은 아니다. 이 말에는 한자 그대로 달의 경전이나 달의 힘이라는 뜻도 들어 있기 때문이다. 우선 시인은 "보름달이" "누렇고 크다랗게 사립을 엿보는 밤이면 마을 처녀들"이 "밤새 들판을 쏘다"니는 비의적인 삶을 제시한다. 그리고 더불어 "그때마다 그네들은 어김없이 월경을 하거나 원인 모를 임신을" 한다고 진술한다. 뿐만 아니라 이런 밤에는 "달의 경전을 읽었는지 암고양이며 밤 짐승들도 징상스럽게는 울"고, "멀리 방조제 너머 바닷물도 그렁그렁 차"오른다고 말한다. 나아가 "한번은 보름달을 거울 삼아 둠벙 가에서 빨래하던 처녀가 홀연 사라진 일"도 있다고 기술한다. "달빛에 홀려 몽유병 환자처럼 둠벙 속으로 걸어 들어갔던 것이다". 하지만 "마을 사람들은 물귀신의 짓이라고 수군댈 뿐 아무도 달빛을 탓하지 않"는다. 그가 보기에 달빛이 환한 "밤은 둥글고 환한 웃음소리가 온 우주에 가득" 차 있는 것이다. 달빛은 원시의 신비스러운 힘을 가진 굉장한 견인자인 셈이다. 달밤의 신화적이고 비의적인 힘과 분위기를 노래하고 있는 것이 이 시라고 할 수 있다. ⓑ

환희

김성규

청소부 아저씨가 문을 열고 들어와
소주를 한 병 따
사이다 잔에 가득 따른다

형광색으로 빛나는 옷
간이 술집에서 혼자 술을 마시다
아저씨를 바라본다

다시 한 번 술을 따르고
사이다 잔을 벌컥벌컥 비워버린다

그의 목에 걸린 쓰레기들이 소주로
다 떠내려갔을 것인가

환해진 그의 얼굴 어둠 속으로 사라진다
갑자기 나는 가려워진다

그의 목구멍이 환하게 빛날 것인가

(『문학사상』 2016년 2월호)

청소부 아저씨가 늦도록 쓰레기를 치우고 간이 술집에 들렀나 보다. 그는 혼자 소주를 마시며 오래 맡았을 쓰레기 냄새를 지우고 피로를 풀고 있다. 그런데 소주잔보다 몇 배나 큰 사이다 잔에 따라서 마시는 것을 보니 무척 역한 쓰레기 냄새와 고된 일에 지쳐 있는 것 같다. 화자는 그의 환해진 얼굴을 보면서 "그의 목에 걸린 쓰레기들이/다 떠내려갔을 것인가"라는 의구심 어린 독백을 한다. 그는 쓰레기를 치우면서 쓰레기와 같은 마음으로 오염된 세태를 보고 있었는지도 모른다. 화자는 어둠 속으로 사라지는 그의 뒷모습을 보며 가려움을 느낀다. 그가 말로 다 표현되지 못한 채 그의 목구멍을 막고 있던 어두운 세상에 대한 우려를 씻어내기 위해 소주를 마셨을 거라고 뒤늦게 느끼는 것이다. ⓐ

귀는

김예태

나비라네, 너울너울 날다가 꽃을 만나면 그 정수리에 긴 대롱을 꽂네

바람이라네, 빈손으로 날다가 자작나무 중중모리 장단에 얼굴을 묻네

청보리밭 이랑에 내려앉아 햇살을 붙안고 일렁이다가 포말로 흩어지는 바다를 향해 벼랑에서 뛰어내리네

대나무 숲에 숨어서 부대끼는 잎들의 울음을 빨아다가 묵죽필법사체(墨竹筆法四體)*를 토하기도 하고, 갈대밭 하얀 춤사위를 들어 바람 많은 능수매화에 걸어놓기도 하네

캔버스 위에 수굿이 앉은** 등 굽은 나비 한 마리
두 눈을 꼬옥 감고 우주 속을 걸어가네
새로운 뿌리들이 곁을 주며 가네

* 김시원은 수필 『대바람소리』에서 '줄기는 전서(篆書), 마디는 예서(隸書), 가지는 초서(草書), 잎은 해서(楷書)'와 같이 친다고 한다.

** 귀를 소재로 한 서인경의 그림을 감상하다.

(『조선문학』 2016년 봄호)

외부에서 나는 소리를 듣는 감각기관인 '귀'가 나비가 되어 꽃의 내부를 탐색한다. 그리고 바람이 되어 청보리밭 이랑을 지나서 바다를 향해 벼랑에서 뛰어내리기도 한다. 그렇게 신체에 고정된 '귀'가 나비나 바람이 되어 지상을 자유롭게 이동하다 바다로 가는 여정은 인생길을 닮았다. 인간은 존재자들과 인연을 맺으며 살다가 끝내 본향으로 가지 않는가. 그리고 한 대나무 숲에서 "잎들의 울음을 빨아다가" 다양한 글씨체를 토하기도 하고 갈대밭의 춤사위를 능수매화에 걸어놓기도 한다. 울음을 멋진 글씨로 승화시키고 춤사위로 아름다운 꽃으로 피우는 '귀'는 늘 상상의 세계를 동경하는 예술가만이 갖고 있을 것이다. 캔버스 위에 그린 환상적 풍경 속에서 "새로운 뿌리들에게 곁을 주며" "우주 속을 걸어가"는 '귀'는 그러한 추측을 더욱 깊어지게 한다. ⓐ

은적사(隱寂寺)

김완

햇볕 환하고 한적한 돌산대로변
세밑의 버스 정류장에 촌로 몇몇 졸고 있다

천왕산에 숨어 있는 은적사를 찾아가는 길
수백 년 쟁여진 세월의 나무들이 반긴다

동백나무, 후박나무 울창한 숲 속에
스님 한 분 괴춤을 움켜잡고 해우소 간다

병풍처럼 둘러쳐진 석벽과 우거진 노송
앞에 펼쳐진 바다가 어우러져 한 몸이다

절은 보이지 않고 바람 소리 소슬한데
동박새 한 마리 적막을 물고 숲으로 간다

(『시와시학』 2016년 여름호)

이 시에서 시인은 관찰자이다. 시인은 철저하게 주관을 배제한 채 '은적사(隱寂寺)'와 그 주변의 풍경을 객관적으로 그려낸다. 시인이 이렇게 그려내고 있는 풍경은 한 폭의 산수화를 방불케 한다. 이렇게 한 폭의 산수화를 그려내는 데는 그 나름의 운산이 있다. 그로서는 자신이 선택하는 사물과 존재에 너절한 자아를 들이밀기 싫은 것이다. 이들 풍경이 갖는 진실하고 소박한 모습에 구태여 주관을 개입하고 싶지 않는 것이 그이다. 그가 그려내고 있는 풍경은 우선 "햇볕 환하고 한적한 돌산대로변/세밑의 버스 정류장"과 "졸고 있"는 "촌로 몇몇" 분으로 모아진다. 그는 지금 여수 돌산대로변에서 멀지 않은 "은적사를 찾아가는 길"이다. 그 길에거 그는 "수백 년 쟁여진 세월의 나무들이 반"기는 체험을 한다. 그의 눈에는 "동백나무, 후박나무 울창한 숲 속에/스님 한 분 괴춤을 움켜잡고 해우소"에 가는 풍경이 잡히기도 한다. 은적사는 "병풍처럼 둘러쳐진 석벽과 우거진 노송/앞에 펼쳐진 바다가 어우러져 한 몸이다". 하지만 아직 "절은 보이지 않고 바람 소리 소슬한데/동박새 한 마리 적막을 물고 숲으로 간다". '은적사(隱寂寺)'와 그 주변의 풍경을 한 폭의 산뜻한 수채화로 드내고 있는 것이 이 시이다. (b)

너를 꽃이라 부르고 열흘을 울었다

김왕노

비 추적추적 내리는 날 화무십일홍이란 말 앞에서 울었다.
너를 그 무엇이라 부르면 그 무엇이 된다기에
너를 꽃이라 불렀다. 십장생 해, 산, 물, 돌, 구름, 소나무, 불로초
거북, 학, 사슴 중에 학이거나 사슴으로 불러야 했는데
나 화무십일홍이란 말을 몰라 너를 꽃이라 불렀기에 울었다.
나 십장생을 몰라 목소리를 가다듬었으나 꽃이라 불렀기에 울었다.
단명의 꽃으로 불렀기에 내 단명할 사랑을 예감해 울었다.
사랑이라면 가볍더라도 구름 정도로 오래 흘러가야 했는데
세상에나 겨우 십 일이라니 십 일 동안 꽃일 너를 사랑해야 하다니
그 십 일을 위해 너를 꽃이라 불렀기에 너는 내게 와 꽃이 되었나니
꽃에 취하다 보니 꽃그늘을 보지 못했나니 너를 꽃이라 부르고
핏빛 꽃잎 같은 입술로 울 수밖에 없었다.
세상에 헤아릴 수 없이 많은 에메랄드, 진주, 비취, 사파이어, 마노
자수정, 남옥, 사금석, 혈석, 카넬리안, 공작석, 오팔, 장미석,
루비도 있는데 너를 두고 때 되면 시드는 꽃이라 부르고 울었다.
지는 꽃보다 더 흐느끼고 이별의 사람보다 더 깊고 길게 울었다.

(『현대시학』 2016년 7월호)

'사랑'처럼 시의 테마로 많이 등장한 것은 없다. 사랑은 시의 기본 속성이라고 해도 지나치지 않다. 변하고 바뀐다는 점에서 사랑은 이성이 아니라 감정이다. 시인은 이 시에서 사랑과 관련해 "화무십일홍이란 말"을 떠올리며 운다. '화무십일홍(花無十日紅)'이라는 말은 '꽃은 10일을 붉지 못한다'는 뜻을 갖고 있다. 사랑도 꽃과 다르지 않다. 꽃처럼 오래 붉지 못하고 쉽게 변하는 것이 사랑이다. 그러한 연유로 시인은 "너를 꽃이라" 부르고는 운다. 십장생, 즉 "해, 산, 물, 돌, 구름, 소나무" 등으로 부르지 못하고 "너를 꽃이라" 부르고 우는 것이 여기서의 시인이다. "단명의 꽃"이라 불렀기에 시인은 "단명할 사랑을 예감"한다. "사랑이라면 가볍더라도 구름 정도로 오래 흘러가야 하는데/세상에 나 겨우" "십 일 동안 꽃일 너를 사랑해야 하다니" 하며 탄식하고 있는 것이 그이다. 이어 시인은 "꽃이라 불렀기에 너는 내게 와 꽃이 되었"다고 말한다. 하지만 시인은 "꽃에 취하다 보니 꽃그늘을 보지 못"하고 "핏빛 꽃잎 같은 입술로" 운다. 그는 너를 "수없이 많은 에메랄드, 진주, 비취, 사파이어, 마노" 등 불변의 보석으로 부르지 못하고 "시드는/꽃이라 부르고" 지극히 후회한다. 시간이 만드는 변화, 곧 생로병사를 과정을 모르는 사랑을 성찰하고 있는 것이 이 시이다. (b)

탱자꽃

김용재

산마을 고향집 울타리엔
해마다 탱자꽃이 왕창 피곤 했다
키 큰 나무가 철조망보다 빽빽하게
얽히고설키고 진을 쳤으며
가지마다 억센 가시가
유년의 접근을 저지했다
그런데도 인근 참새는
탱자꽃과 함께 다닥다닥 붙어 있었고
언제부턴가 한쪽 바닥에는
알 듯 모를 듯 개구멍이 생겨나
암캐도 수캐도 들랑거리고
암탉도 장닭도 들랑거렸다
암수를 알 수 없는 족제비도 들랑거리고
바람도 풀냄새도 오가곤 했다
그러다가 북쪽 편지라도 들어오고
통일 소식이라도 몰려온다면
개구멍을 틀어막는다거나
탱자나무를 불사른다거나
그런 대립의 생각을 물리쳐도 될 법했다
지금은 돌담도 무너지고
그 알량한 사립도 사라지고
성깔 있는 풀들만 자란 마당에

남쪽인가, 북쪽인가, 번갈아 보며
백발의 한 노인이 그냥 서 있다
탱자꽃은 예처럼 왕창 피어 있고.

(『한국문학시대』 2016년 봄호)

고향집 울타리에 꽃을 피우던 탱자나무가 자라 진을 치고 가지마다 가시가 돋아나 유년의 접근을 저지했다. 그러나 그 가시가 위험한 줄 모르는 참새가 날아와 붙어 있고 바닥에 생긴 개구멍으로 개와 닭 그리고 족제비가 들랑거리고 "바람도 풀냄새도 오가곤 했다". 그렇게 사람들은 "대립의 생각을 갖고" 서로를 구별하며 상처를 주려 하지만 자연물들은 태연히 소통하며 지낸 것이다. 그러한 고향 마을은 "통일 소식이라도 몰려"오기를 기다리는 우리나라의 분단된 현실을 상징한다. 그 고향 마을에 "돌담도 무너지고" "사립도 사라지고" "풀들만 자란 마당"은 남쪽과 북쪽의 경계가 없는 통일된 미래의 우리나라를 대신 보여준다. 백발의 한 노인은 그것을 보고 남북이 분단되기 이전을 회상하며 평화롭던 그 시절로 되돌아가고 싶어 한다. (a)

꽃잎에도 날개가 있다

김우진

봄을 붙잡고 있는 아파트 베란다 철쭉꽃 화분, 바람에 떨어져 나간 꽃잎 한 장이 바람을 밟고 박차고 오른다 허공보다 가벼운 저 꽃잎, 봄을 들어올린다 추락은 잠시 보류되었다 수직으로 상승하는 운명과 하강하는 생을 한 몸에 지닌 꽃잎, 바람을 잡고 아파트를 넘어간다 차마고도를 넘어가는 마방(馬幇) 같은 한 마리 새, 나선의 지문을 타고 솟구치는 저 힘, 죽은 새의 영혼을 따라가는 꽃잎의 유서, 꽃잎은 천 개의 날개를 달았다 한 생이 다른 한 생을 물고 아득한 공중에 점점이 발자국을 찍으며 경계선을 넘는다 하늘을 날아가는 붉은 꽃잎 날개가 바람보다 가볍게 날아간다

나는 저 꽃잎을 타고 우주의 중심, 초록별로 향한다

(『다층』 2016년 봄호)

"베란다 철쭉꽃 화분"에서 "바람에 떨어져 나간 꽃잎 한 장이 바람을 밟고 박차고 오"르는 모습을 작품의 화자는 눈을 떼지 않고 바라본다. 그 "꽃잎"의 운명이란 "추락은 잠시 보류되었다"고 할 정도로 순간적으로 존재하는 것에 불과하지만, 화자에게는 영원히 사는 존재로 인식된다. 화자는 자신이 유한한 존재이기에 "꽃잎"이 제자리에 머무르지 않고 부단하게 움직이는 순간을 새롭게 발견하는 것이다. 결국 "수직으로 상승하는 운명과 하강하는 생을 한 몸에 지닌" "꽃잎"에 동화하는 것이다.

인간의 행복과 불행은 움직이는 데 있다고 아리스토텔레스는 『시학』에서 말하기도 했지만, 움직이는 존재만이 유한함을 넘어선다. "천 개의 날개를 달"듯이 온몸으로 움직일 때만이 "한 생이 다른 한 생을 물고 아득한 공중에 점점이 발자국을 찍으며 경계선을 넘"을 수 있는 것이다. "차마고도를 넘어가는 마방"이나 하늘을 날아가는 "한 마리 새"가 그 모습이다. "저 꽃잎을 타고 우주의 중심, 초록별로 향"하는 화자의 인식도 그러하다. (d)

딸들의 시간
— 어느 늦여름 오전*

김월수

노을에 갇힌 대문 안에서 우리는 당신을 기다렸어요
페가수스를 타고 담장을 넘는 꿈을 꾸면서요

아버지 문을 열어주세요 우리의 계절이 왔어요 아침 이슬 속에서 영롱한 빛을 찾아야 해요 당신이 꿈꾸던 여름은 이미 지나갔어요 빨 주 노 초 파 남 보 무지개는 우리의 것이에요 이젠 우리의 색을 펼쳐야 해요 나팔꽃의 나팔은 온전히 그들의 몫이듯 하늘의 별은 온전히 우리의 몫이에요 당신이 물려준 유산, 고이 간직할게요 나팔꽃이 다 지기 전에 빨리 문을 열어주세요 우리의 계절은 우리가 책임질게요

나팔은 나팔꽃의 별
노을은 아버지의 별
페가수스는 나의 별

저마다 꿈의 빛깔을 찾는 늦여름이에요 아버지

* 박정근 화가의 그림.

(『열린시학』 2016년 겨울호)

"딸들"이 "아버지"에게 "문을 열어"달라고 하는 것은 찾는 "별"이 다르기 때문이다. 다시 말해 "노을은 아버지의 별"이라면 "페가수스는 나의 별"인 것이다. 그리하여 "우리의 계절이 왔어요 아침 이슬 속에서 영롱한 빛을 찾아야" 한다고 노래한다. "당신이 꿈꾸던 여름은 이미 지나"간 대신 "빨 주 노 초 파 남 보 무지개는 우리의 것이"므로 "이젠 우리의 색을 펼쳐야" 한다는 것이다. 그렇다고 "아버지"를 무조건 무시하거나 배척하는 것은 아니다. "당신이 물려준 유산, 고이 간직할게요"라고 약속하는 데서 확인된다. 따라서 "우리의 계절은 우리가 책임질게요"라는 약속은 신뢰가 간다.

"아버지"가 구세대라면 "딸들"은 신세대이다. 그러므로 두 세대 사이의 감정이나 관심이나 가치관이 다를 수밖에 없다. 다른 사회 문화 속에서 살아왔기 때문에 당연한 것이다. 따라서 "나팔꽃이 다 지기 전에 빨리 문을 열어주세요"라는 "딸들"의 호소는 고민할 필요가 없다. 오히려 대견하다고 칭찬하고 응원해줄 일이다. "딸들"이 꿈꾸는 정치도 역사도 더욱 절실한 것이다. (d)

초록 혀

김유섭

비가 내리면
입을 벌려 빗방울을 받아먹는다.

혀를 길게 내밀고 부드러운 온도를 느낀다.
세상에서 가장 맛있는 것일까.
머리를 끄덕여본다.

빗방울만 먹어도 배가 부르다.
그런 날은 잠이 초록이어서 한 번도 깨지 않을 수 있다.
맨발이어도 발이 아프지 않다.

누군가에게 겁내지 않고
말을 걸어보고 싶어지기도 한다.

오랫동안 비가 내리지 않으면
공원 의자에 앉아, 거리에서 걸음을 멈추고
입을 벌려 온몸으로 혀를 내민다.

마르고 딱딱한 허공을 뚫고
보이지 않는 빗방울에 닿으려고 버둥거린다.

(『서정시학』 2016년 여름호)

"비가 내리면/입을 벌려 빗방울을 받아먹는" 작품 화자의 행동은 낯설기만 하다. "혀를 길게 내밀고 부드러운 온도를 느"끼거나 "세상에서 가장 맛있는 것일까/머리를 끄덕"이는 모습 또한 그러하다. 그렇지만 "비"와 인간이 필요불가결한 관계에 있는 점을 생각하면 화자의 행동은 이상하지 않다. 오히려 비정상적인 것으로 생각하는 사람이 "비"와 먼 거리에 있음을, 자연과 소외되어 있음을 반증한다. "비"를 멀리하면 할수록 인간은 자연으로부터 멀어져 결국 자신으로부터도 멀어지는 것이다.

따라서 "빗방울만 먹어도 배가 부르다"고 느끼고, "그런 날은 잠이 초록이어서 한 번도 깨지 않을 수 있"고, "맨발이어도 발이 아프지 않다"는 화자의 인식은 주목된다. 자연과 함께하는 화자의 마음과 행동이 점점 자연으로부터 멀어져가고 있는 현대인들에게 거울이 되고 있는 것이다. 그동안 개발과 개척의 가치를 명분으로 추구해온 인간은 자연을 지나치게 파괴했다. 그 결과 자연으로부터도 인간으로부터도 심지어 자신으로부터 소외되는 상황에 놓여 있다. 그러므로 "누군가에게 겁내지 않고/말을 걸어보고 싶어지"는 마음이 들도록 하기 위해서는 "비"를 가까이해야 한다. "초록 혀"로 "빗방울을 받아먹"어야 하는 것이다. (d)

집바라기 별

김은덕

나의 하루는 주어진 반경을 벗어나지 못한다
집에 깊숙이 박혀 있는 말뚝에 묶인 끈을
내 허리에 질끈 동여매고
풀었다, 감았다 한다

일상의 모든 것들이 반경 안에서
쳇바퀴 돌아가듯 동당동당 이루어진다

어쩌다, 끈이 풀려 밤늦게까지
만남이 길어지면
한계에 부딪힌다
풀린 끈을 다시 감아야 하기에
들썩거리는 내 속에서
시계 초침 소리가 나기 시작하고
궁리는 연기처럼 스물스물 피어오른다

돌아갈 시간과 차편을 생각하고
무채색 같은 집을 비추어 보면
맹물처럼 서성이는 식구들이 떠오른다
빨리 돌아가
파릇파릇하게 해줘야 한다는 생각이
허리에 맨 끈을 짧게 한다

(『시와문화』 2016년 봄호)

"집바라기"는 페미니스트들에게 환영받지 못할 것이다. "집바라기"의 "하루는 주어진 반경을 벗어나지 못"하기 때문이다. 그리하여 "집에 깊숙이 박혀 있는 말뚝에 묶인 끈을" 풀지 못하고 "허리에 질끈 동여매고/풀었다, 감았다" 한다. "일상의 모든 것들이 반경 안에서/쳇바퀴 돌아가듯 동당동당 이루어"지는 것이다. "어쩌다, 끈이 풀려 밤늦게까지" 집 밖에서 시간을 보내는 날에도 "한계에 부딪힌다". "풀린 끈을 다시 감"고 마는 것이다.

남편이 집 밖에서 직장과 사회활동을 하는 대신 "집바라기"가 집 안에서 가사를 책임지고 있는 것은 오랜 인류 문화의 산물이다. 그리하여 "맹물처럼 서성이는 식구들"을 "집바라기"는 무시하지 못한다. 남편의 강요 때문이 아니라 스스로 "별"이라고 여기고 있기 때문이다. 모성을 발휘하는 모습으로 볼 수 있는데, 모성을 일방적으로 거부하거나 비판할 수는 없지만, 집으로 "빨리 돌아가"야겠다고 무조건 "허리에 맨 끈을 짧게" 할 일은 아니다. 인류의 문화가 변하고 있기에 "집바라기"도 변할 필요가 있는 것이다. (d)

의자들

김은정

의자를 보면 앉고 싶은가?
이 시간까지 걸어온 나는 그렇다.

훈고와 아류와 계율과 학연 지연을 박차고
맨발로 걷고 또 걸어온 나의 뼈대를 쓰다듬으며
솥에 쌀을 안치듯 의자에 나를 앉힌다.

이 시간까지 수많았던 나의 의자들이여,
봄볕 꽃눈 가득 내린 공원, 은행잎 노란 버스 정류장,
긴 철길 소실점 거기까지 그리움과 기다림을 가르치던
무심한 간이역, 먼 데 응시하며 기원하던 바닷가 언덕,
그 의자들이여, 의지와 충심을 알아주던 교실과 강의실,
그 의자들의 명민함이여, 의젓하고 고상한 신념들이여,

의자에 앉을 때마다 나는 의장
가끔은 의자에 앉으려고 뛰어 난!

(『시와경계』 2016년 가을호)

작품의 화자는 "의자"를 발견하고 나서 "앉고 싶"어 한다. 긴 "시간"을 걸어온 자신에게 휴식을 주려는 것이다. 다시 말해 "훈고와 아류와 계율과 학연 지연을 박차고/맨발로 걷고 또 걸어온 나의 뼈대를 쓰다듬"어주려고 하는 것이다. 사회적인 존재인 인간은 출신 지역이나 출신 학교 등에 의한 인연을 거부하기가 쉽지 않다. 지켜야 할 규범이나 사회적인 영향으로부터도 독립하기가 어렵다. 그리하여 주체적이거나 능동적이지 못해 삶은 피곤하고 자신으로부터 소외당하는 것이다.

그리하여 작품의 화자는 "의자"에 앉으려고 하는데, 휴식을 취하려는 것만이 아니기에 주목된다. 화자가 인식하는 "의자"는 "그리움과 기다림을 가르"쳐주는 존재이고, "먼 데 응시하며 기원"해주는 존재이고, "의지와 충성심"을 지닌 존재이기 때문이다. 또한 "명민"한 존재이고, "의젓하고 고상한 신념"을 지닌 존재이기 때문이다. 따라서 "의자"와 함께하려는 것은 긴 시간을 걸어오느라 피곤한 자신에게 휴식을 주는 것은 물론 인간 가치를 실현하려는 것이다. "의자에 앉을 때마다 나는 의장"이 된다고 노래할 수 있는 것이다. (d)

흐린 하늘이 더부룩하여

김이하

흐린 하늘이 더부룩하여
느지막이 점심을 먹는다

포장된 김 하나 뜯어 옆에 놓고
입속에서 바스락거리는 소릴 삼키며

가만 마음이 젖어드는 점심을
물 한 모금에 쓸쓸함 한 점 없을 때

봄기운이나 쐬자고 열어놓은 창밖에서
마늘 싹 같은 소리 올라온다

오랜만에 새소리보다 높은 아이들 소리를
옥타브 꼭대기서 듣는다

천국의 소리, 나는 들었던가
더부룩한 속이 쑥 꺼지는 그때

(『문학과행동』 2016년 여름호)

"흐린 하늘이 더부룩하여/느지막이 점심을 먹는" 작품 화자의 마음이 나 몸은 개운하지도 신나거나 즐겁지도 않다. 그리하여 "포장된 김 하나 뜯어 옆에 놓고/입속에서 바스락거리는 소릴 삼"킨다. "가만 마음이 젖어드는 점심을/물 한 모금에 쓸쓸함 한 점 얹"어 먹는 것이다. 그런데 뜻밖의 소리를 듣는다. "봄기운이나 쐬자고 열어놓은 창밖에서/마늘 싹 같은 소리 올라"오는 것이다. 그리하여 화자는 "오랜만에 새소리보다 높은 아이들 소리를/옥타브 꼭대기서 듣는다". 결국 그 "천국의 소리"로 말미암아 "더부룩한 속이 쑥 꺼지"게 되는 것이다.

작품의 화자는 자신이 꿈꾸는 "천국"이 "하늘"에 있지 않고 지상에 있다고, 지상에서의 "봄기운"이나 "마늘 싹"이나 "아이들 소리" 같은 생기에 의해 만들어진다고 인식한다. "아이들의 소리"가 행복을 주는 것은 노자나 니체가 말했듯이 때 묻지 않은 천성을 지니고 있기 때문이라기보다는 역동적으로 동심을 추구하고 있기 때문이다. 아이들의 무한한 갈망이 어른들의 흐린 하늘을 씻어 준다. (d)

일곱 빛깔 강물은

김정임

어느 먼 부족이 신으로 섬겼다는 무지개뱀 같다
깊은 물속에 저 많은 색을 숨겨놓고

강을 가로질러 서쪽으로 가는 달의 뺨이 어둡게 야윌 때
사라진 부족의 이야기가 여러 겹으로 흔들리고 있다

당신은 저기 바위에 웅크려 무언가 새기는 사람
아주 오래전에 무지개뱀을 찾은 듯
정을 쪼며 경배하는 무릎이 조용히 떠오른다

나는 그 불안한 거리를 읽는 순례객이 된다
많은 날짜들이 구석기의 긴 밤을 되돌아 나온다

모래알을 쓸며 헤맨 곳은 수천 개 물결이 일렁이는 가슴속
오래된 유물은 몇 개의 문장으로 떠오르기도 하지만

수평선 너머 새벽이 긴 허리를 구불거리며 어딘가를 향한다
수시로 형체를 바꿔야 하는지 겁을 벗듯 일곱 빛깔 허물을 벗는다

아름답고 쓸쓸한 무지개가 소리 없이 피는 순간이다
흐르고 흘러 무엇을 만날까 닿을 수 있다면 닿을 수 있다면,

(『문학선』 2016년 봄호)

여행 중에 '일곱 빛깔'로 빛나는 강물을 바라보면서 쓴 시이다. 우선 시인은 이 '강물'을 두고 "어느 먼 부족이 신으로 섬겼다는 무지개뱀 같다"고 표현한다. 또한 시인은 "깊은 물속에 저 많은 색을 숨겨놓고" 있는 것이 예의 '강물'이라고 표현한다. 이들 표현은 이 강물과 그 주변의 풍경을 비의적으로 채색한다. "강을 가로질러 서쪽으로 가는 달의 뺨이 어둡게 야윌 때/사라진 부족의 이야기가 여러 겹으로 흔들리고 있다"와 같은 표현도 그렇다. 이들 시원의 분위기를 만들기 위해 그는 "저기 바위에 웅크려 무언가 새기는 사람", "무지개뱀을 찾은 듯/정을 쪼며 경배하는" 사람을 떠올린다. 더불어 그는 저 자신을 "그 불안한 거리를 읽는 순례객"으로 받아들이며, 저 자신에게 부여된 시간을 "많은 날짜들이 구석기의 긴 밤을 되돌아 나"는 때로 이해한다. 그렇다. "수천 개 물결이 일렁이는" 그의 "가슴속"은 "모래알을 쓸며 헤맨 곳"이기도 하다. "오래된 유물"이 "몇 개의 문장으로 떠오르기도 하"는 곳, "새벽이 긴 허리를 구불거리며 어딘가를 향"하는 곳, 그곳의 강물은 "겁을 벗듯 일곱 빛깔 허물을 벗는" 곳이다. 그곳에서 시인은 "아름답고 쓸쓸한 무지개가 소리 없이 피는 순간"을 맞으며 저 강물이 "흐르고 흘러 무엇을 만날까" 하고 생각한다. (b)

수국(水菊)의 아침

김종태

어느 하늘 아래 사는지도 모르는 그가 지상의 누추한 곳을 찾아 잠시 다녀가신 것일까 만나는 자리마다 집을 이루고 스치는 숨결마다 노래를 엮는 바람의 소풍, 듬성듬성한 나무 그림자 데리고 온 노크 소리 못 들은 채 무슨 생각이 늙은 거미줄처럼 얽히고설키어 하지의 긴 밤을 지새웠던 것일까 술 덜 깬 몸으로 화단에 나서 보니 바람이 불어도 꽃잎을 떨구지 않는 순은의 숨결이 일렁인다 다리가 저려와도 꼿꼿이 서서 기다려주는 이여 생각의 모서리에 등불 걸어놓은 것처럼 수북이 환해오는 잃어버린 시간이여 잊었던 사람 위한 아침상에 고봉밥 한 그릇 올릴 수 있다면 마음은 가시덤불 위에 고무풍선마냥 매달려 있어도 좋을 것이다

(『시와시학』 2016년 겨울호)

시인은 하지가 지난 어느 날 아침 "술 덜 깬 몸으로 화단에 나서"다가 수국 꽃을 본다. 어느 하늘 아래에서 찾아온 천사 같은 미지의 그가 "누추한 곳을 찾아 다녀가신" 것일까. "집을 이루고" 있는 그 꽃송이를 스쳐가며 "숨결마다 노래를 엮는 바람" 소리에 귀를 기울여본다. 꽃은 "무슨 생각이 거미줄처럼 얽히고설키어" 있어 밤을 지새웠을 테지만 아침을 맞으며 "순은의 숨결"을 내뿜고 있다. 시인은 "다리가 저려와도 꼿꼿이 서서" 기다려주는 그 모습 앞에서 등불처럼 밝아오는 "잃어버린 시간"을 되찾는다. 잊고 살던 사람을 맞이하기 위해 차려주는 "아침상에 고봉밥" 같은 그 꽃을 보면 가시덤불처럼 험한 세상에 처해서도 "고무풍선마냥" 마음이 부풀어 오르는 것이다. (a)

나 가거든

김혜영

밀양 기생 운심(雲心)은 검무를 추며
애인을 기다리다 죽었다

관원들이 왕래하는 큰길에 나를 묻어주오

검무를 추는 저녁이 붉다
칼이 사나워 노을이 지는데

심장에 칼이 스친다

운심의 이마에 먹구름 몰려와
운심의 정원에 소나기 몰려와
비 내리는 가야금 소리 번진다

치마폭에 매화 만발하여라
빗소리가 그리는 구름의 매화
칼춤처럼 한숨처럼 가득한 빗소리

꽃무더기 툭, 툭, 떨어진다

날아오르는 나비는 허공을 물들였을까

천년을 기다린 가야금 가락이었을까

운심은 검무를 추며

운심은 시들어

여기는 죽은 나비의 무덤 속인지
칼바람에 매화 향 춤추고 달빛달빛 칼에 베이는

(『시와사상』 2016년 봄호)

"운심"은 생몰연대를 정확하게 알 수 없는 조선시대 밀양 지역의 기생으로서 칼춤 솜씨가 당대에 으뜸이었다고 전해진다. 그 "운심"과 글씨를 잘 쓰는 윤순(尹淳, 1680~1741)이 서로 사랑했다는 이야기도 전해진다. "운심"은 약산의 동대에 올랐다가 기쁨을 감추지 못하고 뛰어내릴 정도로 풍류를 즐길 줄 알았고 기개가 대단했다. 또한 힘깨나 쓰는 자들의 강요에는 춤을 추지 않았을 정도로 의협심이 강했다. 그와 같은 성격을 지녔기에 그녀의 검무는 박진감이 넘쳤고 세상의 시선을 사로잡았다.

그렇지만 신분제와 유교적 가부장제를 토대로 형성된 조선 사회에서 "운심"이 주도적으로 할 수 있는 일은 없었다. 그녀는 기생이었기 때문에 아무리 검무를 잘 추어도 관리가 되어 나랏일에 참여할 수 없었고, 전문직 종사자가 될 수 없었으며, 마음에 드는 양반과 결혼해서 가정을 이룰 수 없었다. 사회의 최하층 신분으로서 인간적인 대우를 받지 못했을 뿐만 아니라 양반들이 마음대로 소유할 수 있는 물건으로 취급당했다. 그리하여 "운심"의 "심장에 칼이 스"치고 "운심의 이마에 먹구름 몰려"오고 "운심의 정원에 소나기 몰려"와 그녀의 검무는 결국 "시들"고 말 것이었다. 따라서 작품의 화자가 "운심"의 "치마폭에 매화 만발하여라"라고 노래한 것은 여성으로서의 연대이기에, 다행이다. (d)

꽃게 먹는 저녁

김화순

펄떡이는 꽃게 몇 마리 산다
꽃게는 톱밥을 밀어내며 안간힘으로 버틴다
사방으로 날리는 절체절명
유보된 죽음이 시간을 조금씩 자르고 있다
집게발이 허공을 잘라내고
시선을 잘라내고
소음을 잘라내고
저녁 6시를 잘라내자
시침과 분침이 기우뚱, 중심을 잃는다
서쪽 하늘이 서서히 피를 흘린다
집게발이 햇살의 마지막 온기를 싹둑, 자른다
잘린 하루치의 바다가 한사코 냄비 속으로 풀어진다
부글부글 비어져 나오는 게거품
집게발의 사투가 차려낸 저녁 식탁은
달그락 달그락 꽃내음 비릿하다
삶은 누군가의 죽음이 가져다준 에너지라며
나는 게눈 감춘 듯 먹어치운 죽음으로 하루를 연장한다
죽음이 나를 새롭게 편집한다

(『다층』 2016년 가을호)

시인은 "꽃게 몇 마리"를 사다가 그것이 죽어 냄비 속에 들어가 음식이 되어 식탁에 오르는 과정을 묘사하고 있다. 죽음이 잠시 유보된 "절체절명"의 순간에 '허공, 시선, 소음, 저녁 6시'를 잘라내면 일상적인 시간을 가리키는 "시침과 분침"이 중심을 잃는다. "햇살의 마지막 온기"마저 자르고 "하루치의 바다"를 냄비에 풀어 넣고 차려낸 "저녁 식탁"엔 "꽃내음"이 비린내를 풍긴다. 그렇게 일상성으로부터 철저히 단절되고 현실을 지배하는 기계의 시간으로부터 떠나는 죽음의 문을 통과해야 '꽃게'가 신선한 '꽃'으로 태어날 수 있음을 암시한다. 시인은 그 꽃게의 죽음으로 "하루를 연장"하며 자신을 "새롭게 편집"하여 새 날을 맞고 향기로운 시의 꽃을 피울 것이다. (a)

어린아이

나태주

예쁘구나
쳐다봤더니
빙긋 웃는다

귀엽구나
생각했더니
꾸벅 인사한다

하나님 보여주시는
그 나라가
따로 없다.

(『불교문예』 2016년 겨울호)

제목 그대로 '어린아이'를 긍정적으로 노래하고 있는 시이다. 좀 더 확장해 생각하면 어린아이의 세계, 곧 동심의 세계가 갖는 천진성과 무구성을 긍정적으로 담고 있는 시라고 할 수 있다. 시인은 길을 가다가 '어린아이'를 만난다. "예쁘구나" 하고 "쳐다봤더니" 그 어린아이가 "빙긋 웃는다". 아무런 두려움도 거부감도 없는 순수 그 자체의 웃음이다. 그 웃음에 삶의 궁극적인 목표가 들어 있다. 서로 사랑과 평화와 정성을 나누며 사는 삶의 근본이 들어 있다. 동심을 두고 적심(赤心)이라고도 하거니와, 그 때 묻지 않은 마음은 다음 행으로도 이어진다. "귀엽구나/생각했더니/꾸벅 인사한다"는 구절 말이다. 서로 인사를 하는 마음은 사랑과 평화와 정성을 나누는 마음과 다르지 않다. 사랑과 평화와 정성을 나누는 마음이 서로 인사를 하는 마음에서 비롯된다는 것은 불문가지이다. 그뿐만이 아니다. 서로 인사를 하는 마음은 하나님의 나라를 사는 일이기도 하다. 시인은 이를 두고 "하나님 보여주시는/그 나라가/따로 없다"고 말한다. (b)

대각선의 종족

나희덕

대각선의 종족은 대체로 이런 것들이지

높은 담에서 뛰어내리는 고양이는
대각선을 날렵하게 완성하고
급브레이크 자국은
휘어진 대각선이 있음을 알게 하네
벽에 기대놓은 사다리는
대각선이 잠시 쉬는 것처럼 보이고
구릉과 산비탈은
조금씩 완만한 대각선이 되어가는 중이네
사람의 벌거벗은 몸에도
산맥과 구릉, 깊은 골짜기들이 있지
대각선으로 뻗어올린 다리와
수직을 지탱한 다리의 각도는 위태롭고
머리를 감싸쥔 팔과
공중으로 뻗은 팔 사이에는
빛이 대각선으로 쏟아져내리고 있네
새들은 나뭇가지 사이로
빠른 빗금을 치며 날아오르고
지붕의 기울기에 따라
빗물은 다른 속도로 흘러내리네
오늘은 바람이 꽤 강하게 부는 것 같군

바다로 불려가는 갈대들을 봐
무언가 잃지 않고는 대각선이 될 수 없지
낙엽들은 나무를 잃고
나는 오래된 계곡 하나를 잃었지만
그렇다 해도 기억의 상류로 거슬러 올라가진 않겠어

다만 비스듬히, 비스듬히, 말하는 법을 배울 거야
후두둑 떨어지는 빗방울과
길게 성호을 긋고 사라지는 별똥별에 대하여
수많은 대각선의 날들, 날개들, 그림자들, 핏자국들에 대하여
대각선의 종족이 남긴 유언들에 대하여

(『문학동네』 2016년 봄호)

선에도 느낌이 있어서, 곡선은 부드럽고 직선은 날카롭다. 수평선은 편안하고 수직선은 위태로워 보인다. 대각선에는 좀 더 다양한 느낌이 있다. 운동복이나 깃발에서 그것은 역동적인 느낌을 준다. 그런데 이 시에 나오는 "대각선의 종족"들은 좀 불안하고 위태로운 느낌이다. 우리 주변에 이렇게 많은 대각선이 있었나 싶을 정도로 이 시에는 많은 대각선들이 등장한다. 뛰어내리는 고양이나 급브레이크 자국이 그리는 대각선은 속도감이 넘친다. 그에 비해 사다리나 산 모양이 이루는 대각선은 훨씬 정적이다. 대각선은 우리 몸에도 자리 잡고 있어서 다리와 팔의 각도에 따라 수시로 나타난다. 새들이 날아오르며 그리는 빗금과 지붕을 따라 흘러내리는 빗물에도 그것은 있다. 바람이 불며 바다를 향해 길게 눕는 갈대들과 나무에서 떨어지는 낙엽들도 대각선을 그린다. 많은 대각선은 안정된 구도에서 무엇인가 어긋날 때, 무언가를 잃었을 때 나타난다. 화자는 자신의 대각선도 오래된 계곡을 잃으며 생겨난 것이지만 그렇다 해도 기억의 상류로 거슬러 올라가지는 않겠다고 한다. 그 대신 "비스듬히, 비스듬히, 말하는 법"을 배우겠다고 한다. 비스듬히 말하는 법이란 무엇인가? 그것은 수없이 스러져간 빗방울과 별똥별과 비스듬히 빗겨간 나날들, 힘겨운 날개들, 무거운 그림자들, 느닷없는 핏자국들과 같은 대각선의 종족들에 대하여 말하겠다는 것이다. 급히 사라지느라 미처 다 못한 그들의 유언에 대해서 말하겠다는 것이다. (c)

밥상 위의 대화법

류지남

옛날로 치면 과년도
한참 과년한 딸들하고
간만에 함께 밥을 먹다가

시집은 언제쯤 갈 거냐
연애는 안 할 거냐
조심조심 말 붙여보는데

두 딸 이구동성으로
엄마처럼 살 자신이 없어
시집을 못 가겠다 한다

그러자 아내도
슬쩍 거들고 나서며
혼자 사는 것도 괜찮다 한다

할 말 잃은 사내
식구들에게 지은 죄 헤아리며
말없이 밥만 퍼먹고 있다

(『작가마당』 2016년 하반기)

갈수록 젊은이들이 결혼을 안 하고 있다. 심리적으로도 경제적으로도 '결혼'이라는 제도를 부담스러워하는 젊은이들이 늘고 있다. 특히 젊은 여성이 더하다. 이 시 속에 등장하는 "과년한 딸들"도 마찬가지이다. 시인은 오랜만에 가족들과 둘러앉아 밥상을 마주하고 있다다. 하지만 밥상의 분위기가 다소 무겁다. 그래도 시인은 밥을 먹다가 딸들에게 조심스럽게 질문한다. "시집은 언제쯤 갈" 것인지, "연애는 안 할" 것인지 등이 질문의 내용이다. 딸들은 "이구동성으로" "시집을 못 가겠다 한다". "엄마처럼 살 자신이 없"기 때문이다. 누군가의 딸이자, 엄마이자, 여성인 아내가 슬쩍 거든다. "혼자 사는 것도 괜찮다"고 말이다. 할 말이 없어진 시인은 "말없이 밥만 퍼먹"는다. 죄를 지은 것도 아닌데 죄인이 되고 마는 것이 이 시에서의 시인이다. (b)

먼 데

문성해

지난해부터
공원 미니 동물원에
미어캣 다섯 마리가 들어와 살고 있다

모래를 파다가
쪼그만 두 발로 모래를 파다가
두 발로 곧추서서 먼 데를 본다

모래 밑에는
딱딱한 시멘트 공구리
파도 파도 들어가지지 않는 시멘트 공구리

동그란 눈에
뾰족한 하관으로
아지랑이 피는 먼 데를 본다
하루에도 수십 번
얼음 땡 놀이를 한다

먼 데는
적이 오는 곳
까마득한 점으로부터
대낮처럼 두 날개를 펼친

맹금류가 오는 곳

있지도 않은 먼 데는 무섭다
올지도 모른다는 먼 데는 무섭다

피처럼 붉은 고기를 찢어 먹다가
또 먼 데를 본다
내게는 보이지 않는 먼 데를 본다

(『문예바다』 2016년 여름호)

주지하다시피 "미어캣"들이 "쪼그만 두 발로 모래를 파다가/두 발로 곧추서서 먼 데를" 바라보는 것은 주위의 상황을 살피기 위해서이다. 다시 말해 천적이 접근해온다면 재빠르게 도망가거나 숨기 위해서이다. 실제로 하늘에는 독수리가, 땅속에는 코브라가 호시탐탐 먹잇감으로 그들을 노리고 있으므로 "미어캣"들의 생존은 쉽지 않다. 그리하여 "동그란 눈에/뾰족한 하관으로/아지랑이 피는 먼 데를" 바라보며 보초를 서는 것이다. "먼 데는" "미어캣"에게 불안한 공간이자 시간이다. "까마득한 점으로부터/대낮처럼 두 날개를 펼친/맹금류가 오는 곳", 즉 "적이 오는 곳"이다.

작품의 화자도 다가오지 않은 "먼 데"를 두려워하고 걱정한다. 그렇지만 "먼 데"에 함몰되지 않고 "피처럼 붉은 고기를 찢어 먹다가/또 먼 데를" 보는 "미어캣"을 바라본다. 발 딛고 있는 이곳에서 적응하는 모습을 거울로 삼고 있는 것이다. "미어캣"이 "먼 데"를 바라보는 것은 카뮈가 『시시포스 신화』에서 제시한 '반항'과 같다. 반항은 어둠에 부단하게 대면하는 것이고, 변함없이 자기 현존을 추구하는 것이고, 자신의 운명을 확인하면서 체념과 포기를 극복하는 것이다. "보이지 않는 먼 데"까지 보는 것이다. (d)

어머니가 병원 가던 날

문숙

파랗던 관음죽(觀音竹) 이파리가 누렇게 변했다
관세음보살의 이름을 지니고
우리 집 베란다 구석에서 수십 년을 살아온 화분이다

긴 세월 동안 한자리에서 꼿꼿했다
물기가 부족해도 축 처진 모습을 한 적이 없어
식구들은 물 주는 일을 자꾸 까먹었다

댓잎처럼 사철 푸르기만 해
보아도 보이지 않을 때가 많았다
익숙해진다는 것은 눈과 가슴에서 멀어지는 일이었다

살아오는 동안 몇 번이나 희고 아름다운 꽃을
피웠다는 사실도 우리는 기억하지 않았다
관음죽은 그렇게 집안에서 서서히 버려져갔다

오늘에서야 그가 누렇게 병든 얼굴로
자신의 존재를 알려왔다 나, 지금 많이 아프다고

(『시와표현』 2016년 2월호)

이 시의 중심 대상은 '관음죽'이다. 시종일관 관음죽과 관련된 사연을 진술하고 있는 것이 이 시이다. 하지만 이내 이 시에서의 관음죽이 어머니를 뜻한다는 것을 알게 된다. '어머니가 병원에 가던 날'이라는 제목에 때문이다. 그렇다. 관음죽의 사연을 통해 어머니의 사연을 에둘러 말하고 있는 것이 이 시이다. 하지만 일단은 이 시의 드러나 있는 관음죽의 사연을 따라가볼 필요가 있다. 시인은 먼저 자신의 "집 베란다 구석에서 수십 년을 살아온" "관음죽(觀音竹) 이파리가 누렇게 변했다"고 말한다. "관세음보살의 이름을 지니고" 있는 이 관음죽은 물론 어머니를 가리킨다. "긴 세월 동안 한자리에서 꼿꼿했"던 관음죽은 "물기가 부족해도 축 처진 모습을 한 적이 없"다. 그러다 보니 "식구들은 물 주는 일을 자꾸 까먹"고는 한다. "사철 푸르기만 해/보아도 보이지 않을 때가 많았"던 것이다. "몇 번이나 희고 아름다운 꽃을/피웠다는 사실도" "기억하지 않았"던 것이 가족이다. "그렇게 집안에서 서서히 버려져"간 관음죽! "오늘에서야" "나, 지금 많이 아프다고" " 누렇게 병든 얼굴로/자신의 존재를 알려"온 관음죽! 관음죽을 통해 병든 어머니를 진술하는 시인의 마음이 참 아리다. (b)

아스피린

문정영

둘러보니 썩은 서어나무 속이다
내가 잎이었는지, 잎의 언저리에 피는 헛꿈이었는지
불우한 생각이 각설탕 태우는 냄새 같은

기억 같은 건 믿지 말라, 그 말을 새가 물고 있는 동안 네가 내 안에 멈추어 있었는지, 비어 있었는지
있다가 사라져버린 것이 나에게 묻는

눈발이 내리는 날
서어나무 발자국은 길 가운데 멈추고, 서쪽 뿌리에서 어떤 처연한 결기가 걸어나온다

수첩에 적어둔 계절은 느리게도 오지 않는다
눈을 감아도 네가 내 안에서 눈에 덮여 있는 저녁은 갈까마귀 목덜미 빛이다

아침에 먹는 아스피린으로 내 피는 멈추지 않는다
그렇게 흘러 너에게 가다 보면 나는 조막만 해진 밀랍 인형이 될 것이다
결국, 이란 허공의 말이 천천히 지혈되고 있었다

(『시산맥』 2016년 봄호)

화자는 꿈에서 깨어나 자신이 "썩은 서어나무 속"에서 머물고 있다는 것을 발견하고 잎이 되어 있었는지 헛꿈을 꾸었는지를 스스로에게 묻는다. 그렇게 "불우한 생각"을 하다가 "기억 같은 걸 믿지 말라"는 새의 말을 들으면서도 "네가 내 안에 있었는지, 비어 있었는지" 기억을 떠올려본다. 화자의 그리움을 대신하는 "서어나무의 발자국"은 길을 가다 멈추었는데 수첩에 적어놓고 기다리는 계절은 오지 않고 "네가 내 안에서 눈에 덮여 있는 저녁"이 온다. 아침에 아픔을 진정시키기 위해 "아침에 먹는 아스피린으로"도 상처는 아물지 않아 "너에게 가다 보면" 나는 "밀랍 인형"처럼 말라서 작아질 테고 허공엔 붉은 노을이 핏빛으로 타다가 지워질 것이다. 아무튼 그리움에 젖은 화자의 아픔을 진정시킬 아스피린의 실체에 대한 궁금증이 이 시에 긴장감을 더해준다. (a)

거위

문정희

나는 더 이상 기대할 게 없는 배우인 것 같다
분장만 능하고 연기는 그대로인 채
수렁으로 천천히 가라앉고 있다

오늘 텔레비전에 나온 나를 보고
왝 왝 거위처럼 울 뻔했다

내 몸 곳곳에 억압처럼 꿰맨 자국
뱀 같은 욕망과 흉터가
무의식의 주름 사이로
싸구려 화장품처럼 떠밀리고 있었다

구멍 난 신발 속으로 스며들어오는
차갑고 더러운 물을 숨기며
시멘트 숲 속을 배회하고 있었다

나는 나에게 다 들켜버렸다
빈틈과 굴절 사이
순간순간 태어나는 고요하고 돌연한 보석은
사라진 지 오래
기교만 무성한 깃털로
상처만 과장하고 있었다

오직 황금알을 낳기 위해
녹슨 철사처럼 가는 다리로 뒤뚱거리는
나는 과식한 거위였다

(『창작과비평』 2016년 봄호)

사람이 다른 생명체와 다른 것에는 반성하고 성찰하는 존재라는 점도 들어 있다. 그렇다. 반성하고 성찰하는 존재가 아니라면 사람이라고 할 수 없다. 사람은 이를 끊임없이 저 자신을 고쳐나가는 존재이다. 이 시에서도 시인은 저 자신을 지속적으로 반성하고 성찰하며 존재한다. 우선은 자신을 두고 "나는 더 이상 기대할 게 없는 배우인 것 같다"라고 말한다. "분장만 능하고 연기는 그대로인 채/수렁으로 천천히 가라앉고 있"는 존재가 자기라는 것이다. 시인은 좀 더 구체적으로 "오늘 텔레비전에 나온 나를 보고/왝 왝 거위처럼 울 뻔했다"고 말한다. 뿐만 아니라 그는 "내 몸 곳곳에" "뱀 같은 욕망과 흉터가/무의식의 주름 사이로/싸구려 화장품처럼 떠밀리고 있"다고 진술한다. "구멍 난 신발 속으로 스며들어오는/차갑고 더러운 물을 숨기며/시멘트 숲 속을 배회하고 있"는 것이 그인 것이다. 급기야는 저 자신과 관련해 "나는 나에게 다 들켜버렸다"고 노래한다. "기교만 무성한 깃털로/상처만 과장하고 있"다고 말하고 있는 것이 그이다. 저 자신을 "오직 황금알을 낳기 위해/녹슨 철사처럼 가는 다리로 뒤뚱거리는" "과식한 거위"라고 이해하는 그의 마음이 얼마나 아플까. 새로운 정신에 이르기 위해서는 뼈가 저리는 반성과 성찰이 필요하다. 그러나 이를 지켜보는 마음은 많이 안타깝다. (b)

광대나물

문효치

여기에도 줄은 있다
줄을 잘 타야 광대다

두렵지만 올라타야 하고
위험하지만 건너야 한다

한 생애, 줄 타는 일

줄이 없으면
매어서라도 타야 한다

이 기둥과 저 기둥
빤히 보이지만
흔들흔들 출렁출렁
몸으로 건너는 줄은 멀기만 하다

(『문학선』 2016년 봄호)

이 시는 '광대나물'이라는 식물로부터 깨닫는 의미를 바탕으로 하고 있다. 코딱지나물이라고도 불리는 '광대나물'은 2년생 초본식물인데, 종자로 번식하며 전국적으로 분포한다. 4~5월에 개화하는데, 꽃은 홍자색이고, 열매는 도란형, 즉 달걀을 거꾸로 세운 모양을 한다. 어릴 때는 연한 잎을 데쳐 무치거나 된장국을 끓여 먹는다. 꽃은 말려 차로 마신다. 더러는 꽃을 보기 위해 관상용으로도 심는다. 하지만 시인은 이 시에서 '광대나물'을 식용으로 보기보다는 '광대'라는 말이 갖는 음상의 효과에 주목한다. '나물'보다는 '광대'에 주목해 심미적 형상을 만들고 있는 것이 이 시라는 것이다. 따라서 "여기에도 줄은 있다/줄을 잘 타야 광대다"라는 이 시의 첫 구절은 삶 일반에 대한 풍자적 명명이라고 할 수 있다. 그렇다. "두렵지만 올라타야 하고/위험하지만 건너야" 하는 것이 줄이다. 어찌 보면 "한 생애"는 "줄 타는 일"이기도 하다. "줄이 없으면/매어서라도 타야" 하는 것이 삶이다. "이 기둥과 저 기둥/빤히 보이지만" 늘 "흔들흔들 출렁출렁"하는 것이 줄이다. 그러니 "몸으로 건너는 줄"이 "멀기만" 한 것은 당연하다. 줄을 잘 타야 성공한다고 하지 않는가. 물론 썩은 동아줄을 타고 성공하기는 어렵다. (b)

젖은 나무가 마를 때까지

박남준

옛날을 젖게 하네 양철지붕 저 겨울비
방울방울 바다로 가듯이
그렇게 흐르는 것들 흘러간다 여겼는데
풍경은 꺼내고 들춰지는 것인가
돌이킬 수 없는 사람이 보내온
돌이킬 수 있는 흔적들이 비처럼 젖게 하네
젖는다는 것, 내겐 일찍이 비애의 영역이었는데
비에 젖었던 나무들은 몸의 어디까지 기억할 수 있을까
장작을 팰 나무들 앞마당에 비를 맞는다
젖은 나무가 마를 동안
나는 이미 젖었으므로
햇살이 오는 길목을 마중해야겠지
언젠가 이 길을 달려오며 나를 들뜨게 했던 기다림들
봄날은 쨍쨍거릴 것이며 장작은 말라갈 것이다
젖은 시간이 말라간다
퍽~
오래 흘러왔으므로
나무의 젖은 탄식도 몸을 건너갔다는 것을 안다
천천히 도끼질을 다시 시작한다
몸이 가벼워지는 동안 나뭇간에 발자국 쌓여갈 것이다

(『발견』 2016년 봄호)

양철지붕은 빗소리를 증폭시키며 소리에 집중하게 만드는 마력이 있다. 비가 떨어지는 양철지붕 밑에서는 누구든 다소 무방비하게 자신을 열고 풍경과 하나가 된다. 이 시의 화자는 양철지붕에 내리는 겨울비 소리를 들으며 때맞춰 들려온 "돌이킬 수 없는 사람이 보내온/돌이킬 수 없는 흔적들"에 빠져든다. 눈앞의 모든 풍경들이 젖어가는 모습에서 "젖는다는 것"의 의미를 돌아보고 자신에게 그것은 일찍부터 "비애의 영역"이었음을 회상한다. 그의 비애는 눈앞에서 젖어가는 나무들에게로 전이된다. 나무 역시 비에 젖은 몸으로는 아무것도 할 수 없을 것이다. 비애에 젖어 무기력했던 그는 비가 그치고 다시 햇살이 퍼지듯 서서히 애도의 단계로 나아간다. 비에 젖은 나무 또한 봄 햇살에 서서히 말라간다. 그리하여 "퍽~" 오랜 시간이 지나면 나무도 드디어 "퍽~" 하며 갈라져 장작으로 쌓이게 될 것이다. 젖은 상태에서는 쓸 수 없던 나무는 이제 장작으로 쌓여 다비를 기다리게 된다. 비애의 과정을 지나 애도의 단계에 이르기 위해서는 이처럼 젖어 있던 몸이 마를 수 있는 충분한 시간이 필요하다. (c)

꽃

박설희

꽃에 얼굴을 갖다 대지 마라
숨을 들이마시지 마라

꽃은 바퀴다
지상에 뿌리를 내린 식물이 고안해낸 것
그 바퀴로 씨를 퍼뜨리고
그 바퀴로 사람들의 내면을 탐사한다

얼굴을 갖다 댄 순간
속수무책
깊숙한 곳에 다다르는 꽃

아무도 침범할 수 없는
깊고 푸른 그늘을 자유로이
천지, 사슴, 달빛 넘실넘실

꽃향기에 취한
오늘 망초꽃이 개척한 식민지

꽃의 탐사는 집요한 것이어서
늘 새롭게
기꺼이 정복당한다

중독성 취기,
신의 사자여,

(『시산맥』 2016년 여름호)

시인은 꽃에 "얼굴을 갖다 대지" 말고 그 앞에서 "숨을 들이마시지 마라"고 경건한 자세를 요구한다. 꽃은 식물이 고안해낸 "바퀴"로서 "내면을 탐사"하여 자신의 "내면 깊숙한 곳에 다다르는" 것이기 때문이다. 또한 그것은 "아무도 침범할 수 없는" 세계에서 "깊고 푸른 그늘을 자유로이" 드리워 평화와 안식을 주기도 한다. "천지, 사슴, 달빛"의 형상으로 다가오는 그 "꽃의 탐사"는 집요하여 "꽃향기에 취한" 사람들을 "기꺼이 정복"하고 만다. 사람들은 누구나 꽃이 대신 보여주는 절대적이고 새로운 가치의 세계를 동경하는, 즉 "신의 사자"에 대한 "중독성 취기"를 갖고 있기 때문이다. 그렇게 시인은 현실에 살면서도 끝없이 이상적인 세계를 지향하는 인간의 보편적 욕망을 보여주고 있다. (a)

아름다운 무단 침입

박성우

별일은 아니었으나 별일이기도 했다

허리 삐끗해 입원했던 노모를
한 달여 만에 모시고 시골집 간다

동네 엄니들은 그간,
시골집 마당 텃밭에 콩을 심어 키워두었다
아무나 무단으로 대문 밀고 들어와
누구는 콩을 심고 가고 누구는 풀을 매고 갔다

누구는 형과 내가 대충 뽑아
텃밭 옆 비닐하우스에 대강 넣어둔
육쪽마늘과 벌마늘을 엮어두고 갔다

어느 엄니는 노모가 애지중지하는
길 건너 참깨밭, 풀을 줄줄이 잡아
하얀 참깨꽃이 주렁주렁 매달리게 했다

하이고 얼매나 욕봤디야,
누가 더 욕봤는지는 알 수 없으나
노모도 웃고 동네 엄니들도 웃는다
콩잎맹키로 흔들림서 깨꽃맹키로 피어난다

가만히 지켜보던 나는
동네 엄니들의 아름다운 무단 침입이나
소상히 파악하여 오는 추석에는 꼭
어린것과 아내 앞세우고 가 대문 밀치리라,
마늘쪽 같은 다짐을 해보는 것인데

노모와 동네 엄니들은
도란도란 반갑게 얘기하다가도 마치
짜기라도 한 듯 나를 보면서 한결같이

여간 바쁠 턴디, 어여 가봐야 할 턴디,
그리도 밥은 묵고 가야 할 턴디, 한다

(『창작과비평』 2016년 가을호)

이 시는 허리를 다친 노모가 병원에 입원해 있다가 "한 달여 만에" 시골 집으로 돌아오는 일로부터 전개된다. 이 "한 달여 만에" 노모의 집에는 "동네 엄니들"이라는 많은 손님들이 다녀갔는데, 시인은 이를 두고 '아름다운 무단 침입'이라고 명명한다. 따라서 이 시의 제목이기도 한 '아름다운 무단 침입'은 "동네 엄니들"이 "대문 밀고 들어와" 콩을 심고 가기도 하고, 풀을 매고 가기도 하는 것을 가리킨다. 이어 시인은 "어떤 엄니"는 "대충 뽑아" "비닐하우스에 대강 넣어둔/육쪽마늘과 벌마늘을 엮어두고" 가기도 하고, "어떤 엄니"는 참깨밭에 "참깨꽃이 주렁주렁 매달리게" 해놓고 가기도 했다고 진술한다. 그런 과정에 이 시에서는 "누가 더 욕봤는지는 알 수 없으나/노모도 웃고 동네 엄니들도 웃는다". 이를 "지켜보던" 시인은 "동네 엄니들의 아름다운 무단 침입이나/소상히 파악하여 오는 추석에는 꼭/어린것과 아내 앞세우고 가 대문 밀치리라" "다짐을 해"본다. 마침내 노모와 동네 엄니들은 "도란도란 반갑게" 이야기를 나누다가 "마치/짜기라도 한 듯" 시인에게 말한다. "그리도 밥은 묵고 가야 할 턴디"! 어찌 이 말을 두고 아름답다고 하지 않으랴. 아름다운 무단 침입을 노래한 아름다운 시이다. (b)

달라이 낙타

박순원

나는 전생에 낙타였다 라마였나? 아니다 낙타였다 확실하다 사막이었고 몸에 혹이 있었으니까 내 혹을 볼 수는 없었지만 다들 혹이 있었으니까 나도 혹이 있었을 것이다 나는 그 혹에 무엇이 들어 있었는지는 이번 생에 알게 되었다 나는 라마가 아니라 낙타였다 달라이 낙타 집도 절도 없이 나라도 백성도 없이 달라이 달라이 낙타 낙타 내가 죽었을 때 내 살은 누가 먹었을까 내 가죽은 누가 벗겨 갔을까 낙타고기 낙타 가죽 이제 내 것이 아닌 것들 지난 생에 두고 온 것들 그리고 이번 생에 혹처럼 달고 다니는 정신 정신적 지도 지도자 다시 낙타가 되면 다 놓고 갈 것들

(『미네르바』 2016년 가을호)

이 시의 재미난 말놀이 속에는 삶에 대한 성찰이 깃들어 있다. 시인은 자신의 전생을 상상해보다가 낙타를 떠올린다. 사막 같은 세상을 터벅터벅 걸어가는 누구에게나 낙타는 친숙한 삶의 상징이다. 그런데 시인은 낙타를 곧 라마로 연결시킨다. 낙타와 라마는 생김새가 흡사하지만 혹이 있거나 없다. 전생의 상상에 빠져든 시인은 자신이 낙타였던 것이 확실하다고 여긴다. 사막에 살았던 느낌, 주위에 혹 달린 낙타들이 있었던 느낌 때문이다. 그는 "그 혹에 무엇이 들어 있었는지는 이번 생에 알게 되었다"는 위트도 빠트리지 않는다. 낙타와 라마, 전생과 이생 사이에서 생각이 오가다 "달라이 낙타"가 등장한다. "달라이 라마"의 자리에 "라마"와 견주었던 "낙타"가 들어가게 된 것이다. "달라이 라마"와 달리 그의 전생이었던 "달라이 낙타"는 "집도 절도 없이 나라도 백성도 없이" 떠돌다 죽어 누군가에게 살과 가죽을 빼앗겼을 것이다. 그리고 이번 생에는 낙타의 혹처럼 "정신"을 달고 다니는 시인이 되었다. "낙타가 되면 다 놓고 갈 것들"이기는 하지만, 혹이 낙타 특유의 긴요한 신체 구조였던 것처럼 시인의 정신도 이번 생에 부여된 특별한 표지가 아닐까. (c)

쓰레기일기

박정원

종량제 봉투가 모자란다
이쪽일까 저쪽일까
이왕에 쓰레기로 분류하기로 마음먹었으니
잘 버려야지
버릴 때도 버리는 법이 있는 법, 지금까지 발간된 내 시집
일곱 권 들어갈 쓰레기집 찾기가 만만찮다
한동안 불을 지폈던 사랑일까
문을 열어주지 않는다
용서와 화해의 물의 집일까
저쪽 봉투가 쌀래쌀래 고갤 젓는다
꼭 쥐고 있던 생명에의 근원일까
그렇게 생각하고 썼던 시들마저 쓰레기봉투를 외면한다
시가 머물던 집처럼
쓰레기에게도 집이 있다는 걸 왜 몰랐을까
활활 타올릴 불씨마저 거부하는 쓰레기,
시로 위장한 시가 방방곡곡 아우성인데
이미 내 마음의 집을 나가버린 시들은 어찌 불러들이나
분류할 수도 없는 잡쓰레기가 나를 늙게 했다
악취가 진동한다
사실은
이 꿍꿍이속도 쓰레기다

(『우리시』 2016년 8월호)

시인은 정성껏 시를 써 모아 발간한 자신의 시집을 쓰레기라 취급하며 버리려고 하지만 "종량제 봉투가 모자란다". 일곱 권이나 되는 시집을 버릴 "쓰레기집" 문이 쉽게 열리지 않고 시들마저도 "쓰레기봉투를 외면"하니 난감하기만 하다. '사랑, 용서와 화해, 생명' 등 여러 가지 문제를 탐색하며 쓴 시의 쓰레기가 들어갈 집이 각각 다른 것이다. 시인은 언어예술인 시는 새로움이 생명이기에 이전에 쓴 시들은 이미 낡아서 그 가치를 상실한 쓰레기에 불과하다고 여기는 것이다. "시로 위장한 시"가 지천인 현실에서 더욱 새로운 시를 쓰려는 결연한 자세를 엿보게 한다. 그러한 자세로 시집을 불태우면서 불씨마저 남기지 않고 활활 타오르기를 바라는 것이다. (a)

겨울비

박종국

산등성이를 넘어오는 바람 소리에, 떨어져 내리는 빗방울 소리에, 제 그림자를 잃어버린 산들이 어슴푸레하고, 메아리쳐 흐르는 빗소리가 스치는 자리마다, 잔설이 흘리는 눈물, 뜨거운 눈물이 신음하는 소리로 세상을 적시는 겨울비 내리는 날이다

그 신음을 내가 신음하는 메마른 가지에 촉촉하게 적시어놓고는 신음하는 나를 신음하며 방울방울 떨어져 내리는 영롱한 빛이 바닥을 치며 흘러넘치는 겨울비 오는 날이다

헛된 소리로 들리지 않도록, 소리 없는 감각의 세계, 맑은 소리가 깃든 영롱한 얼굴빛으로 다가와 흘러넘치는, 방울방울로 압축된 삶이 신약처럼 풍경을 덮어버리는, 신음하고 있는 하늘이 물기 어린 세상 어지러운 마음의 바닥까지 스며들고 있다

(『시와사람』 2016년 봄/여름호)

시인은 지금 겨울비와 마주하고 있다. 겨울비와 마주하며 느끼는 감회를 노래하고 있는 것이 이 시이다. 시인은 우선 "산등성이를 넘어오는 바람 소리에, 떨어져 내리는 빗방울 소리에 제 그림자를 잃어버린 산들이 어슴푸레하다"고 묘사한다. 그런 다음 그는 오늘을 두고 "메아리쳐 흐르는 빗소리가 스치는 자리마다, 잔설이 흘리는 눈물, 뜨거운 눈물이 신음하는 소리로 세상을 적시는 겨울비 내리는 날이"라고 노래한다. 그로서는 빗소리를 하늘의 신음으로 받아들이고 있는 것이다. 이때의 신음과 관련하여 그는 "그 신음을 내가 신음하는 메마른 가지에 촉촉하게 적시어놓고는 신음하는 나를 신음하"고 있다고 표현한다. 참으로 말이 현란하다. 그로서는 지금 "방울방울 떨어져 내리는 영롱한 빛이 바닥을 치며 흘러넘치는 겨울비 오는" 소리를 하늘의 신음으로 받아들이고 있는 것이다. 그가 보기에는 "맑은 소리가 깃든 영롱한 얼굴빛으로 다가와 흘러넘치는, 방울방울로 압축된 삶이", 나아가 "신음하고 있는 하늘이 물기어린 세상의 어지러운 마음 바닥까지 스며들고 있는 것이다. 빗소리를 바라보고 있는 시인의 눈이 매우 독특하고 신선한 시이다. (b)

거푸집

박찬세

몇 년째 셋째가 보이지 않는다고
노인은 욕을 한다
애미가 죽어도 안 올 새끼라고
호래자식이라고

노인을 둘러싼 사람들 입안 가득
죽음이 갇혀 있다 농약 맞은
풀처럼 말라가며 욕을 먹고 있다

노인은 자꾸만 감기는 눈을 뜨며
묻고 또 묻는다
셋째는 아직이냐고 멀었냐고

노인은 감았던 눈을 뜬다
자신이 담겨 있던 낡은 몸이 보이고
파리하게 웃고 있는 셋째가 보인다

노인은 갑자기 울기 시작한다
네가 여기 왜 있냐고
언제부터 네가 여기 있었냐고

죽음 밖에서 죽음이 기다리고 있는데
죽음 밖에서 죽음이 웃고 있는데

(『시와표현』 2016년 6월호)

이 시의 제목인 '거푸집'은 일종의 알레고리이다. 그것이 이 시의 서정적 주인공이기도 한 '노인'을 뜻하기 때문이다. 그렇다. 거푸집처럼 텅 비어 있는 것이 노인의 몸이다. 그뿐만 아니다. 노인은 치매에 걸려 있다. 노인이 "몇 년째 셋째가 보이지 않는다고" 거듭 "욕을" 하는 것은 이에서 연유한다. 급기야 노인은 셋째를 두고 "애미가 죽어도 안 올 새끼라고/호래자식이라고" 욕을 하기까지 한다. 욕을 먹는 것은 셋째만이 아니다. "노인을 둘러싼 사람들" 모두 "농약 맞은/풀처럼 말라가며 욕을 먹고 있다". "셋째는 아직이냐고 멀었냐고" "묻고 또 묻"던 노인이 급기야 "감기는 눈을" 뜬다. 그의 눈에 "자신이 담겨 있던 낡은 몸이 보이고/파리하게 웃고 있는 셋째가 보인다". "노인은 갑자기 울기 시작한다/네가 여기 왜 있냐고/언제부터 네가 여기 있었냐고"! 시인은 이 시를 매조지하며 다음과 같이 강조한다. "죽음 밖에서 죽음이 기다리고 있는데/죽음 밖에서 죽음이 웃고 있는데" 하고 말이다. ⓑ

가시꽃

박철

오래전 일이다 전주에 가니 지금 내 나이의 시인 박봉우가 술자리의 우스갯감이 되어 있었다 어느 도서관 사서로 천탁되어 어지러이 연명을 하며 산다는 것이다 나는 혼전이었는데 어찌 장가를 가면 그처럼 딸을 낳을지도 모른다고 생각했다 얼마 뒤 그의 『딸의 손을 잡고』라는 시집이 나왔을 땐 읽지도 않고 괜히 마음이 쓰렸다 내 스승 전재수 시인은 왜 박봉우의 「휴전선」만 알고 내 건 모르냐고 어느 낭송회에서 소릴 지른 적이 있다 그도 딸만 둘이었다 나도 딸이 둘이다 시절은 바뀌었으나, 박봉우도 스승도 갔건만 도서관, 딸, 휴전선 이런 것의 하나만 떠올라도 왜 이리 마음이 스러지는 것이냐 쉼 없는 전진이 결국 휴전선을 만들고 70년 동안 우리는 철조망에 가시꽃으로 피어 오늘도 영원히 지지 않는 꽃으로 피어나고 있건만

(『시에』 2016년 겨울호)

"산과 산이 마주 향하고 믿음이 없는 얼굴과 얼굴이 마주 향한 항시 어두움 속에서 꼭 한 번은 천둥 같은 화산이 일어날 것을 알면서 요런 자세로 꽃이 되어야 쓰는가"로 시작되는 박봉우 시인의 등단작인 「휴전선」. 반공 정책이 지배하던 1950년대의 상황을 생각하면 시인의 저항 정신이 놀랍다. 우리 사회의 모든 모순과 왜곡이 분단에 의해 일어나고 있기에 가슴이 아프기도 하다.

"박봉우" 시인은 1934년 전남 순천에서 태어나 광주에서 성장하고 대학을 다녔다. 1956년 『조선일보』 신춘문예 당선으로 서울 생활을 하면서 천상병, 김관식, 신동문 등 여러 문인들과 어울렸다. 1974년 자유실천문인협의회 창립회원으로 참여했고, 1975년 「서울 하야식」(『창작과 비평』 여름호) 등을 발표한 뒤 전주로 내려갔다. 당시 전주시장이었던 고등학교 동창의 주선으로 전주시립도서관 촉탁사원이 된 것이다. 그렇지만 여전히 가정 형편이 어려워 부인이 리어카상을 하고 파출부로 일할 정도였다. 54세에 제6시집 『딸의 손을 잡고』를 간행한 뒤 57세에 지병으로 타계했다.

크리스마스 날 밤 사람들이 많이 모인 시끄러운 술집에서 벌떡 일어나 빨치산 노래를 불렀다거나, "나 박봉우가 김일성을 만나러 평양으로 가려고 한다"고 사람들에게 큰소리를 쳤다거나, 조국의 통일을 염원하며 세 자식의 이름을 하나, 나라, 겨레라고 지었다는 등……. "70년 동안 우리는 철조망에 가시꽃으로 피어 오늘도 영원히 지지 않는 꽃으로 피어나고 있"는 현실에서 천상병 시인과 더불어 문단의 양대 기인으로 불렸던 박봉우 시인의 삶과 시세계는 슬프면서도 감동을 준다. (d)

근사체험

배성희

말린 토란대에선 오래된 밧줄 냄새가 난다

모두가 곁을 떠난 자정
혼자 잠들었다 깼다 하면서 누워 있기
떨어지는 링거액 방울과 나는 가늘고
가느다랗게 느끼고 있구나 함께 견디고 있구나

최고점과 최저점을 평균에 합산하지 않는 것은
그들만의 계산 방식
여기와 저기를 나누는 경계막은 이제
위태롭고 연약하다
다른 차원으로 증발하고 있다

아십니까, 의지가 말소된 몸을 산소 튜브로 묶어두기
원치 않는데 내가 나를 어찌할 수 없는데
당하는 기분을 아십니까

오늘은 이만큼만 생각해야지
오늘은 이만큼만 겪어봐야지

질기고 오래된 밧줄이 부드러워진 육개장
상가(喪家)에선 붉은 고깃국을 끓인다

죽은 소의 살과 고추기름 둥둥
그러니까
풀어주세요 그 억지 매듭을

(『시애』 2016년 가을호)

근사체험(near-death experience)은 미국의 정신과 의사 레이먼드 무디 주니어(Raymond A. Moody, JR.)가 처음 사용한 개념으로 알려져 있다. 일시적인 죽음의 체험에 대해서는 아직도 비과학적이라는 이유로 논란이 되고 있지만, 이전과는 다르게 관심이 늘고 있다. 무디의 저서에 서문을 쓰기도 했고, 죽음학을 처음으로 연구한 엘리자베스 퀴블러 로스(Elisabeth Kubler Roth, 1926~2004) 또한 근사체험을 인정한다. 로스는 근사체험은 연령이나 성별이나 종교의 유무와 상관없이 일어날 수 있다고 보았고, 죽음은 존재하지 않고 다른 차원으로 이동할 뿐이라고 주장했다. 죽음을 또 다른 삶의 시작으로 본 것이다.

죽음에 대한 두려움을 갖지 않을 때 삶에 적극성을 띨 수 있다. "밧줄 냄새"며 "그들만의 계산 방식/여기와 저기를 나누는 경계막", "당하는 기분", "억지 매듭" 등으로부터 해방되려고 하는 것이 그 모습이다. 규범과 가치 등이 항상 을보다 갑에게 유리하게 적용되고 있는 사회에서 "근사체험"으로, 다시 말해 "다른 차원으로 증발하"려고 하는 것은 적극적으로 맞서는 자세이다. 그리하여 "떨어지는 링거액 방울과 나는 가늘고/가느다랗게 느끼고 있구나 함께 견디고 있구나"라고 노래하는 화자는 견고하다.(d)

사람의 말

백무산

어릴 적 할머니 내게 회충약 먹일 때
사탕이라고 속였다
나를 속인 것이 아니라 회충을 속였다
에이 약이잖아, 내가 무심코 그랬다간
회충이 잊어먹을 때까지 기다렸다가 먹어야 했다

그땐 미물도 사람 말을 알아들었다
미물 따위와도 너나들이했으니
네발 달린 것들에겐 존재하는 것도 예사였다
낮말은 나무가 듣고 밤말은 도깨비가 들었다
산을 보고도 달을 보고도 간곡했다
저승길에도 사자들에게 이런저런 걸 당부했다

생각하면 할머니와 나는 종이 다를지도 모른다
크로마뇽인과 네안데르탈인보다 더 다를지도
먹는 것도 소와 사자만큼 다르다
골격도 다르고 직립 방식도 다르다
우리의 현란한 문법 때문에
할머니 말을 해석할 수 없게 되었다

무엇보다 다른 점은 나는 손이 두 개지만
할머니는 손이 세 개였다

나는 말을 어정쩡한 연장 취급을 했는데
할머니에게는 또 하나의 손이었다.

(『문학들』 2016년 봄호)

디지털 정보사회가 되면서 노인들의 역할은 급속도로 위축되는 양상을 보인다. 지금처럼 정보가 넘쳐나는 시대가 되기 전에는 오래 살아온 노인들의 지혜가 가족과 공동체의 생활에 중요한 지침으로 작용해왔었다. 불과 수십 년 전까지도 삶의 면면에 노인들의 말과 행동이 깃들어 있었다. 그리고 돌이켜보면 그 모든 것이 경험 속에서 터득한 삶에 대한 통찰과 지혜를 내포하고 있었다.

이 시에서는 어릴 적 회충약 먹던 기억을 끌어내고 있다. 회충약을 사탕이라고 속인 할머니의 말은 얼핏 보면 어린 손주에게 쉽게 약을 먹이기 위한 것 같지만 실은 회충을 속이기 위한 것이었다고 회고한다. 그 바탕에는 미물도 사람 말을 알아듣는다는 생각이 자리 잡고 있다. 비록 사람 몸에 기생해서 사는 회충이라도 그 또한 생명을 가진 것이니 그것을 다스리기 위해서는 조심하지 않을 수 없다는 생각은 선인들에게 익숙한 것이었다. 예전에는 나무를 벨 때도 함부로 하지 않고, "도끼 들어가요"라고 외친 후에 잘라냈다고 한다. 예전의 언어는 미물과 들짐승, 산천초목, 심지어 저승길의 사자들에게도 두루 통하는 것이었다. 그 언어를 원시의 언어라고 웃어넘길 수 있을까. 오히려 "우리의 현란한 문법"은 "할머니의 말"에 깃든 지혜와 소통의 능력을 잃어버린 것은 아닐까. 우리에게 말이 "어정쩡한 연장"이라면 할머니의 말은 "또 하나의 손"이어서 모든 생명과 영혼을 어루만지고 이어주는 것은 아닐까. (c)

나비

백애송

팔랑팔랑 매일 오전 서류들이 집으로 배달되었다 나비처럼 날아와 천 톤의 무게로 꽂혔다 글자들만 가득했다

돈을 내놓으라는 사람들의 아우성, 귀를 닫아버리고 싶었다 삼촌은 돈을 구하기 위해 다단계에 접신했다

그는 한 평짜리 사무실 소파에서 쪽잠을 잤다 아이의 수학여행비를 마련하지 못해 전화기를 붙들고 있었다 간이 썩어가고 있는 것도 모른 채 뿌연 공기를 약수처럼 마셨다

한 달에 오백은 벌 수 있다더니 오십도 못 벌었다 단계, 단계 등급이 하락하고 있었다 골드 스타는 꿈속에서나 보았다

오십도 못 버는데 팔랑팔랑 오백만 원짜리 고지서가 날아왔다 할머니는 돌아앉아 뻑뻑 담배를 피웠다

(『시와문화』 2016년 가을호)

고통스럽고 비극적인 체험을 나비의 이미지를 빌려 아주 가볍게 표현하고 있는 시이다. 화자인 시인은 이 시에서 어린아이의 목소리로 등장한다. 어린아이의 목소리로 고통스럽고 비극적인 체험, 무거운 체험을 나비처럼 가벼운 이미지로 승화시키고 있는 것이 그이다. 이때의 무거운 체험은 "서류들이 집으로 배달되"면서 비롯된다. "글자들만 가득"한 "천 톤의 무게로 꽂"히는 서류는 "돈을 내놓으라는 사람들의 아우성"을 가득 담고 있다. 그러니 어린 화자는 "귀를 닫아버리고 싶"을 정도이지 않을 수 없다. "사람들의 아우성"은 삼촌이 돈을 벌기 위해 "다단계에 접신"한 데서 기인한다. "한 평짜리 사무실 소파에서 쪽잠을" 자던 삼촌, "아이의 수학여행비를 마련하지 못해 전화기를 붙들고" 안달을 하던 삼촌, "간이 썩어가고 있는 것도 모른 채 뿌연 공기를 약수처럼 마"시던 삼촌……! "한 달에 오백은 벌 수 있다더니 오십도 못" 벌었던 것이 삼촌이다. 삼촌은 다단계의 등급이 향상하는 것이 아니라 삶의 등급이 "단계, 단계" "하락하고 있었다". 형편이 이러니 집안이 온전할 리 없다. 거듭해 "팔랑팔랑 오백만 원짜리 고지서가 날아"오지만 어쩔 것인가. 가족 중의 어른인 "할머니는 돌아앉아 뻑뻑 담배를 피"울 뿐이다. 대상을 바라보는 시인의 미의식이 놀랍고도 재미있는 시이다. (b)

은행나무 아래서

변종태

기원전의 나를 해독하는 일은
오래 살아온 동굴의 벽화를 해독하는 일
지린내 풍기는 삶의 벽에 굵은 나무 하나 그려 넣고
맨손으로 은행을 까는 일
노오란 들판에서 짐승 한 마리 떠메고 돌아오는 일
심장 따뜻한 짐승의 가죽을 벗기며
붉은 웃음으로 가족들의 안부를 묻고
일회성 삶의 지린내를 맡으며 오늘 밤의 포만으로
다시 기원후의 삶을 동굴 벽에 그려 넣으며
맨손으로 은행을 까는 일은
기원전 내 모습이 핏빛으로 물드는 일
퇴근길 은행나무 가로수 아래를 지나다가
은행을 밟은 채 버스에 올라탔을 때의 난감함
벽화에 다시 핏빛 노을이 번질 때
등 떠밀려 사냥터로 나가는 가장의 뒷모습
지린 은행처럼 창밖에는 사냥감 한 마리 보이지 않고
기원전의 생을 기억하는 일은 다시
맨손으로 익은 은행을 주무르는 일
화석이 된 가장의 일과를 동굴 벽에 그려 넣으며
어제의 포만을 기억하는 가족들의 흐뭇한 얼굴을 추억하는 일
은행나무 아래를 조심스레 걸어서 만원버스를 타는 일

기원전 내 생의 벽화가 희미해가는 일
은행나무 아래서 기원후의 나를 추억하는 일

(『시인수첩』 2016년 가을호)

경남 울주군에 있는 반구대 암각화를 바라보고 있으면 선사시대 인류들의 생애가 떠오른다. 그들은 자연과 함께하는 신들이 인간세계에 영향을 준다고 믿고 풍년을 기원하며 정성을 다해 모셨다. 의식주 해결을 위한 생산력을 공동으로 산출하면서 풍요와 다산을 기원한 것이다. 이렇듯 인류는 의식주의 해결을 토대로 하면서 사랑과 안전과 자아실현 등의 욕망을 추구해온 것이다.

의식주 해결을 위한 선사시대 인류의 노동이나 현대인들의 노동은 다르지 않다. "지린내 풍기는 삶의 벽에 굵은 나무 하나 그려 넣고/맨손으로 은행을 까는 일"이 그러하다. 그와 같은 모습은 "기원전"의 인간이 "노오란 들판에서 짐승 한 마리 떠메고 돌아오는 일"이나 "심장 따뜻한 짐승의 가죽을 벗기며/붉은 웃음으로 가족들의 안부를 묻"는 것과 같다. "기원후의 삶을 동굴 벽에 그려 넣으며/맨손으로 은행을 까는 일은/기원전 내 모습이 핏빛으로 물드는 일"로 볼 수 있는 것이다. "등 떠밀려 사냥터로 나가는 가장의 뒷모습"은 슬프면서도 거룩하다. (d)

사월의 질문법

서안나

사월은 무엇입니까
물에 젖습니까
ㄱ과 ㄴ입니까
톱니바퀴입니까 익명성입니까
경찰입니까 질문입니까

3백 번 질문해도
질문은 썩지 않습니다
인간을 이해할 수 없다

알약을 삼키면
왜 녹슨 철봉 맛이 날까요
사월에는 왜 꽃이 더 아름다운가요
씨발이라는 말이 자꾸 생각납니까
지랄병 걸린 애들이
7시간씩 사라지곤 합니까

사월은
왜 검정 같은 것이 만져집니까
지울수록 빛이 됩니까
뭉클하고 끈적거립니까

불쑥
질문처럼
내 손을
움켜잡습니까

(『시와사상』 2016년 겨울호)

작품의 화자가 "사월은 무엇입니까"라고 묻는 것은 참사를 잊지 않고 있는 인식이다. "물에 젖습니까/ㄱ과 ㄴ입니까/톱니바퀴입니까 익명성입니까/경찰입니까 질문입니까" 등의 질문도 마찬가지이다. 그리하여 "사월"에는 "씨발이라는 말이 자꾸 생각납니까"라는 욕설이나 "지랄병 걸린 애들이/7시간씩 사라지곤 합니까"라는 폄하도 불편함을 주는 것을 넘어 안일하게 타협하려는 우리를 일깨운다.

2014년 4월 16일 세월호 참사를 겪은 한국인들의 충격은 이루 말할 수 없다. 단순한 교통사고가 아니라 국가가 충분히 구조할 수 있었는데도 불구하고 아까운 목숨들을 살리지 못한 사건이기에 그러하다. 아직도 희생자들의 시신이 수습되지 않고 진상 조사가 제대로 이루어지지 않고 있는데, 남은 가족들이 받는 고통과 상처를 위로해주기는커녕 책임을 회피하고 거짓말하는 위정자들과 악의적으로 왜곡 보도하는 언론들, 그리고 피로감을 이야기하는 사람들을 볼 때마다 우리가 살아가는 이 나라가 과연 정상적인 곳일까 하는 의구심을 갖게 된다. 진정 "사월은/왜 검정 같은 것이 만져집니까/지울수록 빛이 됩니까/뭉클하고 끈적거립니까?" (d)

저 별은 나의 별

서영처

올려다보면 방랑하는 시인의 어깨 위 수북하게 떨어진 비듬 같은 별들,

오랜만에 취해 돌아온 당신은 잎을 떨어뜨린 높은 나뭇가지 위에 겨울 별자리를 걸쳐놓는다

흥얼거리며 뒷담벼락에 방뇨를 한다 부르르 떠는 어깨 위로 다국적 제약회사가 출시한 수면제처럼 반짝거리는 별들

움켜쥐면 금호강 가 지천인 여뀌처럼 뿌리째 우두둑 엮여 나올 것 같은

당신은 중얼거린다 이 도시의 녹슨 맨홀 뚜껑을 차례로 열면 후줄근한 소문과 악취를 풍기는 추문과 신종 바이러스처럼 창궐하는 험담과 모락모락 가스를 피워 올리는 모략이 오늘도 틀림없이 씁쓸한 노래를 머금은 애매한 별자리를 하나 만들어낼 거라고

앞산 뒷산 산개성단처럼 흩어져 있는 무덤들

멀리 자갈을 굴리는 물소리, 이른 추위에 떨며 서로를 비추는 별빛

(『시작』 2016년 여름호)

시대가 변하면 별의 이미지도 변하는 것일까? 이 시의 별은 더 이상 드높은 이상의 표지나 어두운 시대의 길잡이가 되어주는 그런 별이 아니다. 이 시에서 별은 "방랑하는 시인의 어깨 위 수북하게 떨어진 비듬"이나 "다국적 제약회사가 출시한 수면제"처럼 너절하거나 음험하다. 별은 이 세상처럼 불결하고 혼미하다. 이제는 별이 세상을 비추는 것이 아니라 세상의 악취와 바이러스가 가스로 피어올라 애매한 별자리들을 만들어낸다. 이 시에서 별은 부패와 죽음의 이미지로 가득하다. 도시의 중심에서는 부패로 가득한 소문과 추문과 험담과 모략이 흘러서 유독가스처럼 피어오르고 그 외곽의 야산에는 무덤들이 산개성단처럼 흩어져 있다. 죽으면 별이 된다는 오랜 믿음의 씁쓸한 변주이다. 도시를 떠돌던 유독한 소문들은 무덤에서야 끝나게 될까. 어떤 희망도, 이해도 찾아보기 힘든 차가운 현실과 "이른 추위에 떨며 서로를 비추는 별빛"이 쓰라리게 느껴지는 시이다. (c)

모란시장의 봄

서주영

모란시장에 장 구경을 간다
내장을 훅 뒤집는 역한 비린내가
먼저 달려든다

철장마다 한데 갇힌
수십 개의 눈망울에
쓸쓸한 봄비처럼 마음이 젖는다

마치 상품마냥 비슷한 덩치로
사각의 비좁은 철장에 갇힌
낙심한 눈망울이 초침처럼 불안하다

철장 안, 형제와 친구들을 바라보다가
주인의 눈치를 살피다가
코앞,
어둠 속으로 끌려 나가는 그들
널브러진 주검을 보면서도
무자비한 인간의 손길이 두려워 울지도 못한다

친구를 따라 들어선 시장 입구
몇 걸음 못 가 뒤돌아서고 만다
들뜬 마음이

바닥으로 바닥으로 가라앉는다

버스까지 따라온 슬픈 눈망울들이
함께 버스에 오른다

하필, 충혈된 개들의 눈알 같은 벚꽃잎이
봄비에 아무렇게나 흩어지고 있다

(『불교문예』 2016년 여름호)

시인은 지금 "모란시장에 장 구경을"가고 있다. 우리나라 최고의 오일장인 모란시장에서 파는 것은 많다. 온갖 것들을 다 파는 곳이 모란시장이다. 시인에게 "내장을 훅 뒤집는 역한 비린내가/먼저 달려든" 것으로 보면 그는 먼저 어류나 육류를 파는 시장에 들른 모양이다. 아닌 게 아니라 모란시장은 개고기의 판매로도 유명하다. 살아 있는 개들도 거래하는 곳이 모란시장인데, "철장마다 한데 갇힌/수십 개의 눈망울"은 아마도 개의 그것을 가리키는 듯싶다. 따라서 시인에게 "사각의 비좁은 철장에 갇힌" 개의 "낙심한 눈망울이 초침처럼 불안"해 보이리라는 것은 자명하다. 그는 "철장 안, 형제와 친구들을 바라보다가/주인의 눈치를 살피다가/코앞,/어둠 속으로 끌려 나가는" 개들의 "널브러진 주검을" 떠올리며 깊은 연민에 빠져 있는 것이다. "무자비한 인간의 손길이 두려워 울지도 못"하는 개들의 주검을 생각하면서 말이다. 시인이 "시장 입구"에서 "몇 걸음 못 가 뒤돌아서고" 마는 것은 그러한 연유에서이다. "들뜬 마음이/바닥으로" "가라앉는"데, "버스까지 따라온 슬픈 눈망울들" 때문에, "아무렇게나 흩어지고 있"는 "충혈된 개들의 눈알 같은 벚꽃잎" 때문에 한참 괴로워하고 있는 것이 이 시에서의 시인이다. (b)

꽃무릇

성배순

저기 저쪽 산기슭 아래
사방팔방으로 발을 펼친
선홍빛 거미,
떼 지어 독을 풍긴다.

이쪽에서 저쪽을 바라보니
온몸이 짜릿해진다.

(『시인광장』 2016년 7월호)

일명 상사화(相思花)라고도 부르는 "꽃무릇"! 잎과 꽃이 그리워만 하는, 생각만 하는 꽃! 잎과 꽃이 피는 시기가 달라 서로 만나지 못하고 생각만 하는 꽃, 상사화(相思花), 아니 꽃무릇! 초가을에 전라북도의 선운사나 전라남도의 용천사, 불갑사 등에 가면 지천으로 피어 사람들을 홀리는 것이 이 "꽃무릇"이다. 시인은 "저기 저쪽 산기슭 아래"에 피어 있는 이 꽃무릇을 "사방팔방으로 발을 펼친/선홍빛 거미"라고 상상한다. 아마도 꽃무릇이 "선홍빛 거미"처럼 "떼 지어 독을 풍"기며 "사방팔방으로 발을 펼"쳐 선남선녀들을 자기 쪽으로 불러들이기 때문으로 보인다. 시인은 자기가 있는 곳을 이쪽이라고 부르고 꽃무릇이 피어 있는 곳을 저쪽이라고 부른다. 시인은 지금 이쪽에서 저쪽으로 가지 않고 "저쪽을 바라"만 보고 있다. "떼 지어" 몰려 있는 "선홍빛 거미"의 독에 쏘일까 봐 두려운 것이다. "이쪽에서 저쪽"의 "선홍빛 거미"를 바라만 보고 있는데도 시인은 "온몸이 짜릿해진다"고 말한다. 그만큼 감각이 예민하기 때문이리라. (b)

이런 날은 빨간 넥타이를

성선경

늘 아침 회의가 있는 월요일
늦잠을 자고 출근이 늦어 허둥거릴 때
이 당혹을 그대들은 어떻게 하시나?
나는 빨간 넥타이를 매지
누구에게나 눈에 띄는 빨간 넥타이
봉급날은 한참 남았고
지갑에는 겨우 담뱃값만
커피 값도 아니고 겨우 담뱃값만
이럴 때 그대들은 어떻게 하시나?
나는 빨간 넥타이를 매지
누구에게나 눈에 잘 띄는 빨간 넥타이
업무 보고를 해야 하는데
나는 제대로 준비가 되지 않았는데
그대들은 어떻게 하시나?
나는 빨간 넥타이를 매지
누구에게나 눈에 띄는 빨간 넥타이
옷장 안의 많은 넥타이들 중
가장 빨간색, 너무 짙다 싶은 빨간 넥타이
세상이 번번이 나를 속인다 싶을 때
이럴 때 그대들은 정말 어떻게 하시나?
나는 빨간색 넥타이를 매지
누구에게나 눈에 잘 띄는 빨간 넥타이

가장 빨간색,
너무 짙다 싶은 빨간색 넥타이.

(『시인수첩』 2016년 여름호)

"빨간 넥타이를 매"는 작품 화자의 행동은 사회적 존재로서 적응하려는 모습이다. 화자는 "아침 회의가 있는 월요일/늦잠을 자고 출근이 늦어 허둥거"리는 것이 다반사이다. "업무보고를 해야 하는데" "제대로 준비"하지 못한 경우도 많다. 심지어 "봉급날은 한참 남았"는데 "지갑에는 겨우 담뱃값만" 있는 경우도 있다. "이럴 때 그대들은 어떻게 하시나?"라고 화자는 묻는다. 그러면서 "나는 빨간 넥타이를 매지"라고 노래한다. "세상이 번번이 나를 속인다 싶을 때"에는 "누구에게나 눈에 띄는 빨간 넥타이"를 맨다는 것이다.

자본주의 사회에서 샐러리맨으로 살아간다는 것은 쉽지 않다. 경영 목표나 책임 업무량이나 운영 회의나 업무 보고 등은 모두 자본의 이윤을 철저히 추구하는 사용자의 입장에서 정해지는 것이지 노동자의 입장은 반영되지 않는다. 따라서 노동자는 타자가 되어 소외감을 느끼고 피곤해 '회사 우울증'에 걸리기도 한다. 그렇다고 해서 직장 생활을 그만둘 수는 없지 않는가. 오히려 적극적으로 적응해야 하지 않겠는가. "옷장 안의 많은 넥타이들 중/가장 빨간색, 너무 짙다 싶은 빨간 넥타이"를 골라 매야 하지 않겠는가. (d)

창문의 감정

성향숙

친구가 사라졌을 때
표정이 바뀌는 사각의 창문

저 꽃들,
저 구름들, 저 붉은 태양
평온을 가장한 거짓에 불과할 뿐

창문의 감정은 낙하한다

위치를 바꾸지 않고도
창문이 제시하는 단서는 원근이다

터무니없는 햇빛의 창문
유리가 쓰는 창문의 성향은 관음이어서
똑같은 이야기의 이별을 재생한다

끝내 두 줄 철로만 보여주는 창문엔
돌아선 친구의 뒤통수가 있고
유서도 남기지 않고 자살한 수요일의 저녁이 있다
비명을 지르는 고양이와 몰래 창을 빠져나간 나무
아득한 심연처럼 번지는 바람의 흔적과
무의미하게 산란하는 달빛이 있다

코 푼 손수건처럼 차곡차곡 접은 창문을 주머니에 넣는다
친구의 하얀 발등은 추억처럼 희미해진다

(『시로여는세상』 2016년 봄호)

작품의 화자는 "친구가 사라졌을 때" 마음의 충격으로 인해 "표정이 바뀌는 사각의 창문"을 발견한다. 창밖으로 보이는 "저 꽃들,/저 구름들, 저 붉은 태양/평온을 가장한 거짓에 불과"하다고도 느낀다. "창문의 감정"이 "낙하"하고, "위치를 바꾸지 않고도/창문이 제시하는 단서"가 "원근"이라는 것도 알게 된다. 그렇지만 "창문"은 "친구"의 슬픔에 함몰되지 않는다. "유리가 쓰는 창문의 성향은 관음이어서/똑같은 이야기의 이별을 재생"하는 것이다. 그리하여 "끝내 두 줄 철로만 보여주는 창문엔/돌아선 친구의 뒤통수가 있고/유서도 남기지 않고 자살한 수요일의 저녁이 있"을 뿐만 아니라 "비명을 지르는 고양이와 몰래 창을 빠져나간 나무/아득한 심연처럼 번지는 바람의 흔적과/무의미하게 산란하는 달빛이 있다." 그 결과 "친구의 하얀 발등은 추억처럼 희미해"지게 되는 것이다.

유리로 만든 "창문"은 투명해서 이 세계를 다 보여준다. 더 이상 숨기지도 가리지도 않는다. 밀실의 세계는 존재하지 않고 열린 세계를 지향하는 것이다. 그리하여 "창문"은 슬픔에 갇히거나 함몰되지 않는다. (d)

얼굴 없는 부처

송재학

빰 일부와 얼굴 아래만 남은 돌부처는
화재로 탄 흔적을 앞장세우기도 하고,
눈코입을 갈아 먹으면 병이 낫는다는 소문도 있지만
불두를 손수 떼어냈다는 게 가장 끔찍하기에
왼손은 펴서 손바닥이 위로 향하게 무릎에 올려놓고
오른손은 펴서 땅을 가리키는
항마촉지인이라는 자세,
깨달음의 법열이라는 저 수인은
얼굴 대신 주목을 받았기에
목 위로 굽이칠 이목구비라도 불쑥 생길 듯했지만
무두상 부처는
얼굴이 있다면
다시 불타거나 갈아 먹히거나 머리가 뚝 없어지거나 할 것인데
또다시 얼굴이 도착한다면
금시 사라질 얼굴인데
이 무두상 부처 역시
오래 행방불명된 얼굴로,
눈과 눈썹이 있다 해도 무표정할 터인데
얼굴이 얼굴에 기대지 않을
표정만큼은
나, 궁금하다

(『애지』 2016년 봄호)

얼굴 없는 부처는 얼굴이 없기에 온갖 추측을 불러일으키나 보다. 화재로 타서 없어졌다는 생각은 그중 합리적으로 보이고, 병이 낫기 위해 눈코입을 갈아 먹어 없어졌다는 소문도 뿌리 깊은 민간신앙과 결부시켜볼 때 가능한 추정이다. 가장 끔찍하면서도 강렬한 이야기는 불두를 손수 떼어냈다는 소문이다. 불교의 수행 중에는 범인들의 상상을 초월하는 예들이 많기는 하지만 이처럼 극단적인 경우는 드물다. 불두를 스스로 떼어낸 듯 보이는 형상과 석가모니만이 취하는 인상이라는 항마촉지인 자세에서 유추한 극적인 상상의 결과일 것이다. 깨달음의 법열에 이르렀다면 얼굴이 있건 없건 큰 의미가 없을지도 모르겠지만 보통 사람들의 눈에 그것은 못내 궁금증을 일으킬 만한 일이다. "얼굴이 얼굴에 기대지 않을/표정만큼은" 시인뿐 아니라 누구든 궁금할 터이다. (c)

우리

신용목

"다시는 별을 쳐다보지 마."
우주로 낭비되는 슬픔이 싫다. 자꾸만 쏟아지면 텅 비게 될 행성에서, 텅 빈 구름만 나뒹구는 행성에서,

천천히 해를 따라 걸으며 늙어가는 무리가 있다면,

별빛에 찔리는 밤이 있고,
이 행성의 푸른 공에서 절망이 바람처럼 빠져나간 뒤에도 일그러진 채 굴러가는 뭔가가 있다면,

그게 우리일까?

눈보라의 미래, 물의 숲, 혼자 도착한 아침과 꿈의 정거장인 삶에 대해 생각하는 일이 가능한지 물어보는 슬픔으로

우리는 있어서,

"다시는 별을 쳐다보지 마."
그 말로 인해 다시 쳐다보는 밤하늘을 우리의 절망은 죽을 때까지 걷도록 선고받았다.
끝없이 별빛에 찔리며 일그러진 뒤에도 굴러가는 달처럼.

(『문학과사회』 2016년 여름호)

이 시에서 "다시는 별을 쳐다보지 마"라고 하는 이유는 별을 쳐다보는 간절한 마음이 전혀 이루어지지 않기 때문이다. 별을 향해 기도하는 마음이 부질없다고 느끼기 때문이다. 이런 절망감은 거의 우주적 차원에 이른다. "이 행성의 푸른 공에서 절망이 바람처럼 빠져나간 후에도" 우리는 살아갈 수 있을까를 물을 정도이다. "눈보라의 미래, 물의 숲, 혼자 도착한 아침과 꿈의 정거장인 삶"은 공상과학 영화에 나오는 생소한 광경을 연상하게 한다. 예측 불능의 기이하고 가혹하고 쓸쓸한 미래가 펼쳐지고 있다. 그러나 "우리는 있어서", 또는 우리가 있는 한, 우리의 절망은 죽을 때까지 계속될 것이다. 그것은 희망의 다른 이름이기에. 별을 쳐다보지 말라는 말로 인해 다시 별을 쳐다보게 되는 것처럼 절망을 희망처럼 품은 채 쓰러질 때까지 걸어갈 것이다. "끝없이 별빛에 찔리며 일그러진 뒤에도 굴러가는 달처럼". 이 시에서는 절망을 끌어안고도 끝내 걸어가게 되는 처절한 삶을 이처럼 담담하게 펼쳐내 비장미가 배가된다. (c)

11월의 사람들

신현림

날개도 없으면서 날고 싶다
미칠 수도 없으면서 미치고 싶다
죽지도 못하면서 죽고 싶다
너는 되풀이 말만 한다

홀로 밥과 물을 나르기도 힘겨운
11월의 사람들은
사랑마저 쇼윈도 고급 옷만 같아서
가을바람이 불 때마다
지렁이처럼 울었다

가난에 시달리며
비루한 노동으로 울지 않으려고
가을바람이 불 때마다
걸레처럼 축축한 자신을
빨랫줄에 널곤 하였다

(『시로여는세상』 2016년 겨울호)

무엇을 새로 시작하기에는 너무 늦은 11월, 앞으로 모진 추위가 기다리고 있는 11월, 한 줌 낙엽마저 다 떨어져 헐벗은 풍경 속에서 11월의 사람들은 힘겹기만 하다. 날아오르거나 미치거나 죽거나, 어떻게든 이 비루하고 고단한 현실에서 벗어나고 싶지만 그것도 쉽지 않다. 먹고살기도 힘들 정도로 곤궁한 처지여서 사랑은 꿈도 못 꾼다. 한없이 낮고 낮아져 쓰라린 가을바람이 불면 지렁이처럼 운다. 가난과 노동에 시달리며 어떻게든 울지 않아보려 걸레처럼 축축하고 혼곤해진 자신을 빨랫줄에 널어 말려본다. 전통적인 농촌 사회에서 11월은 풍성하고 여유가 넘치는 살 만한 달이었다. 추수를 끝낸 곳간은 그득하고 아직 혹독한 추위는 시작되지 않았기 때문이다. 오래도록 함께 살아온 공동체가 있고 해마다 반복해온 일이 있어 크게 걱정이 없다. 그에 비해 나날의 노동에 의지해야 하는 도시의 가난한 사람들에게 11월은 힘겹고 불안하기만 하다. 번쩍이는 빌딩과 쇼윈도는 그들을 더욱 작아지게 만든다. '혼밥'이 일상어가 될 정도로 고립이 심해져가는 이 시대 11월은 더욱 쓸쓸하다. 11월의 스산한 풍경과 궁핍한 삶의 이미지가 어울려 처연하게 다가오는 시이다. (c)

비와 나의 이야기

심재휘

오랫동안 비를 좋아했어요

곰곰이 생각해보니까
비보다는 비가 오는 풍경을 좋아한다고 해야 맞아요
후드득 쏟아지는 비의 풍경 속에는
경청할 만한 빗소리가 있지요 그리고
비를 피해 서둘러 뛰어가는 사람들의 젖은 어깨
흙탕물을 간신히 피해 가는 짐차들의
덜컹거리는 불빛과
비가 새는 거리 아이들의 저녁

사실은
비에 젖지 않고도
비가 오는 풍경을 바라볼 수 있는 창가 자리가
더 마음에 드는 거지요

고백하자면 나는
창밖의 비보다는
창안의 나를 더 좋아한다고 말해야 옳아요

(『미네르바』 2016년 봄호)

날씨에 대한 기호는 저마다 달라, 비를 좋아하는 사람도 있고 싫어하는 사람도 있다. 시인은 오랫동안 비를 좋아해온 사람이다. 거의 이유를 생각할 것도 없이 무조건적으로 좋아했을 정도일 텐데, 이 시에서는 드디어 그 이유를 따져본다. 어떤 일이든 막상 이유를 따져보면 막연한 느낌과 달리 새로운 사실에 직면하게 된다. 시인도 다시금 되돌아보니 비 자체보다 비가 오는 풍경을 좋아한다는 것이 더 정확한 사실이라는 점을 깨닫게 된다. 우선 비의 풍경 속에는 "경청할 만한 빗소리"가 있어서 좋다. 소리만 듣는다면 비가 내는 각양각색의 소리는 자연이 선사하는 최고의 음악이라 할 만하다. 그런데 빗소리와 함께 연상되는 풍경들은 그리 편한 것은 아니다. 옷이 젖을까 허둥지둥 뛰어가는 사람들, 흙탕물을 피해 어지럽게 흔들리는 자동차 불빛들, 한창 신나던 놀이를 그만두고 집으로 돌아가는 아이들에게 비는 불청객이다. 예상치 못했던 상황으로 허둥대거나 풀죽은 사람들의 모습은 비 오는 날에만 볼 수 있는 흥미로운 광경이다. 그런데 따지고 보면 그건 어디까지나 비에 젖지 않는 창 안쪽에서 여유 있게 바라볼 때의 생각이다. 생각이 여기까지 이르자 시인은 "창밖의 비보다는/창안의 나를 더 좋아한다"고 고백한다. 시인은 이제 자신이 오랫동안 좋아했던 것이 비가 아니라 비가 오는 풍경을 즐기는 자기 자신이었다는 것을 알게 되었다. 이렇게 진실의 민낯이 드러났는데도 이 시의 비 오는 풍경에는 어딘지 정감이 넘친다. 비 오는 날을 정말 좋아하는 시인의 눈에 비친 풍경이기 때문이다. (c)

서울, 첫 출근

안상학

온수역에서 마포역 가는 길
신길역 7호선으로 갈아타며 마음 설렌다
여의도, 여의나루를 거쳐 가는 길이라니
그래도 남아 있을 섬 풍경이며
시멘트 제방이라도 딛고 선 마른 버드나무 한두 그룬 보겠지
어둠이 스쳐가는 창밖을 주시한다

한강을 건넌다니
운 좋으면 아침 해가 지나가는 한강이며
얼음장과 강물을 넘나드는 철새들도 볼 수 있겠지
창밖을 주시한다 창밖을 주시하는 나를 비웃듯
어둠, 어둠이 걷히고 희끄무레한 여의도, 역
다시 어둠, 어둠이 걷히고 희끄무레한 여의나루, 역
다시 어둠, 어둠이 걷히고 마포, 역
출구를 빠져나오며 나는 마음이 어두워진다

지하철이 아니라 강하철이었구나
그럴 수도 있겠구나
카오스처럼, 이상한 힘에 끌려 들어가는 운명 같은 것이
내 앞에 남아 있는 어떤 소박한 꿈 같은 것들을
나도 모르는 사이에
이렇게 뜻하지 않은 곳으로 끌고 갈 수도 있겠구나

하는 생각에 한순간 앞이 다 캄캄해진다
촌놈인 나에게 내가 부끄러워 진땀이 다 난다

(『미네르바』 2016년 겨울호)

시인은 지금 "온수역에서 마포역"까지 "가는 길"이다. 시골 출신인 그가 서울에 취직을 해 첫 출근을 하고 있는 것이다. 아마도 직장이 마포역 근처인 모양이다. 마포역까지 가려면 "여의도, 여의나루를 거쳐 가"야 한다. 그러면서 한강을 지날 때는 "그래도 남아 있을 섬 풍경이며/시멘트 제방이라도 딛고 선 마른 버드나무 한두 그룬 보겠지" 하고 생각한다. "운 좋으면 아침 해가 지나가는 한강이며/얼음장과 강물을 넘나드는 철새들도 볼 수 있겠지" 하고도 생각한다. 하지만 전철은 "창밖을 주시하는 나를 비웃듯/어둠, 어둠이 걷히고 희끄무레한 여의도, 역", "여의나루, 역" "마포, 역"에 도착한다. "출구를 빠져나오"는 그는 "마음이 어두워"지지 않을 수 없다. 그래서 그는 자기가 타고 있는 것이 "지하철이 아니라 강하철이었구나" 하고 탄식한다. 세상에는 "카오스처럼, 이상한 힘에 끌려 들어가는 운명 같은 것이" 있다. 그러니 그가 자신의 "앞에 남아 있는 어떤 소박한 꿈 같은 것들을/나도 모르는 사이에/이렇게 뜻하지 않은 곳으로 끌고 갈 수도 있겠구나/하는 생각"을 하며 "한순간 앞이 다 캄캄해"지는 것을 느끼는 것은 당연하다. 첫 출근을 하며 느끼는 이런저런 상념을 담은 시이다. (b)

변신

안주철

자유가 쏟아진다
몸이 편해진다 인간이 아니라
생각하니 하늘이 맑다
땅이 푸르다

개가 되려고 결심하면
이제 침을 흘리며
남의 집을 지키면서도
인간보다
더 인간다워질 수 있다

인간이 되기를 멈추고 나니
뼈가 간지럽다
팔다리가 나이테를 따라
돌기 때문일까?

인간으로 살기를 포기하자마자
나는 인간으로 살고 있다는
착각으로 가득 찬다

이 느낌을 포기할 수 없어서
방바닥을 세 바퀴 돌고

고양이가 된다

이 느낌을 반복하기 위해
한 번에 여러 마리의
개가 된다

(『미네르바』 2016년 겨울호)

"개가 되려고 결심하면/이제 침을 흘리며/남의 집을 지키면서도/인간보다/더 인간다워질 수 있다"는 화자의 자조는 그지없이 씁쓸하다. 자신이 개보다 못한 삶을 영위하고 있음을 인정하는 것이다. 그리하여 화자는 자신을 평균치 이하의 인물로, 문제적인 인물로 그리고 있다. "인간으로 살기를 포기하자마자/나는 인간으로 살고 있다는/착각으로 가득"한데 "이 느낌을 포기할 수 없어서/방바닥을 세 바퀴 돌고/고양이가" 되고, "이 느낌을 반복하기 위해/한 번에 여러 마리의/개가" 되는 것이 그 모습이다.

제라파(Michel Zerraffa)는 오늘날의 사회는 시장 가치에 의해 조종받는다고, 그리하여 개인은 경제적인 인간으로 변해갈 수밖에 없다고 진단했다. 그리하여 타락한 사회에 대응하는 소설 속의 주인공은 처절한 노력을 기울여야 된다고 보고 문제적 인물 혹은 악마적 주인공이 필요하다고 제시했다.• 위의 작품에서 "개"가 된 화자가 그 인물이다. (d)

• 조남현, 『소설원론』, 고려원, 1989, 158~161쪽.

큰으아리

양문규

타박타박 천태산을 내려오다 큰소리를 만났어요

그 소리는 스스로 꽃이라 말하지 않았지만
으아리, 어떤 말보다 단아한 죽비

내가 세상에 첫발 내딛었을 때
당신을 보지 않았어도

열엿새 달빛만큼 동그랗던 관음(觀音)
천 년 은행나무 그늘 아래에서 들었지요

거북바위와 고라니와 산방과 배나무집을 두고 떠나는 발소리
첩첩 가시가 빽빽이 박혀 있지만

저녁노을 안고 더 붉은 아침 해 걸려 있듯이
뽀얀 입술 속에 제집이 들어 있어요

설령 흔적 없이 사라진 무늬라 해도
그 뿌리는 나무 그늘보다 한참 더 깊은걸요

삐끗해 어긋난 발목 주무르며 땅끝을 향해
으아리, 거기 그렁저렁 내가 살아요
꽃보다 하얀 당신의 마음

(『불교문예』 2016년 여름호)

시인은 천태산을 두고 내려오다가 "관음"처럼 서 있는 "천 년 은행나무 그늘 아래"에서 어디서인가 들려오는 "큰소리"를 듣는다. 그동안 맺은 깊은 인연을 두고 내려오며 발자국을 찍을 때마다 가시가 박힌 듯 아프지만 "으아리" 꽃이 들려주는 그 "단아한 죽비 소리"에 새롭게 마음의 귀를 연다. 그리하여 저녁노을이 물들었다가 밤이 오고 가면 붉은 아침 해가 떠오르는 우주의 순환을 깨닫는다. 자연의 질서를 따라 피었다가 흔적 없이 사라지는 "으아리" 꽃이지만 그 뿌리는 나무 그늘보다 더 깊을 것이라 짐작해본다. 시인은 마침내 "어긋난 발목 주무르며" 세상이 끝나는 곳까지 "으아리" 꽃이 보여주던 "당신의 마음"을 헤아리며 살아갈 것이라고 달관의 자세를 보여준다. (a)

신발 베고 자는 사람

유홍준

아직 짓고 있는 집이다 신축 공사 현장이다
점심 먹고 돌아온 인부들
제각각 흩어져 낮잠 잘 준비를 한다
누구는 스티로폼을 깔고
누구는 합판을 깔고
짧고 달콤한 잠의 세계로 빠져들어갈 준비를 한다
신발 포개 베고 자는 사람은 신발 냄새를 맡는다
웃옷 둘둘 말아 베고 자는 사람은 옷 냄새를 맡는다
딱딱한 각목 동가리를 베고 자는 사람은
딱딱한 것에 대하여 생각한다
찌그러지든 말든
상관없는
신발 두 짝을 포개 베고
나는 갚아야 할 것들을 생각한다
이제는 다 옛일이 되어버린 것들을 생각한다
아직 문짝이 끼워지지 않은 집은 시원하다
시원하다는 것은 막히지 않았다는 거다
세상 모든 집은 완공되기 전에 인부들이 먼저
잠을 자본 집이다
발에 신는 신발을 머리에 베고 자본 집이다

(『한국문학』 2016년 가을호)

"세상 모든 집은 완공되기 전에 인부들이 먼저/잠을 자본 집이다". 딴은 그렇기도 하겠다. 집이 다 지어지기 전 인부들은 아직 문짝도 끼워지지 않은 집의 거친 바닥에서 점심 식사 후의 단잠을 즐겼을 것이다. 합판을 깔고 구두를 베고서도 고대광실의 침대 못지않게 달콤한 휴식을 취했을 것이다. 등만 대면 잠이 올 정도로 고단한 노동이 최고의 수면을 보장한다. 이런 순간에는 신발 두 짝이라도 그럴듯한 베개가 될 수 있다. 아직 문짝이 끼워지지 않은 집은 막힌 곳 없이 시원하다. 누구에게나 열려 있고 시원한 휴식처가 되어준다. 집이 완성되어가며 문짝이 끼워지고 단단히 닫히면 그곳은 점점 내밀하고 폐쇄적인 공간으로 변해갈 것이다. 방마다 주인이 생기고 정갈한 침구가 자리 잡을 것이다. 그곳에서 신발을 베고 자던 인부들의 자취는 흔적도 없이 사라질 것이다. 집은 기억할까? 문짝이 끼워지기 전 막힘없이 시원하던 구석구석에서 낮잠 자던 인부들의 혼곤한 꿈을. (c)

절개지

윤석산(尹錫山)

도로를 내기 위하여 지난 한 해 내내
산을 허물고
자르고,
그래서 생긴 절개지

한겨울 지나고 나니,
온갖 잡풀들 다시 어우러져
꽃을 피우며
벌겋게 드러났던 흙의 살점들 덮고 있구나.

머리를 깎고, 수술복으로 갈아입고
마취를 하고, 한참을 죽었다가 깨어나니
사라진 그녀의 오른쪽 가슴.

차량들 저마다 저마다의 힘으로 씽씽이며 달려 나가는
그 사이, 사이
설핏, 기우는 저녁노을 속
그녀의 절개지, 붉게 물드는 브래지어
아프게 감춰지고 있다.

(『시로여는세상』 2016년 겨울호)

'절개지'라는 제목의 이 시는 모두 4연으로 구성되어 있다. 4연의 이 시는 다시 전반부 2연과 후반부 2연으로 나누어져 읽힌다. 전반부 2연은 "도로를 내기 위하여 지난 한 해 내내/산을 허물고/자르고,/그래서 생긴" 자연의 절개지를 대상으로 하고 있다. 그래도 이 자연의 절개지는 "한겨울 지나고 나니,/온갖 잡풀들 다시 어우러져/꽃을 피우며/벌겋게 드러났던 흙의 살점들 덮고 있"다. 자연의 절개지는 이처럼 자기 치유와 회생의 능력을 갖는다. 하지만 사람은 그렇지 못하다. 후반부 2연에서 바로 그것을 알 수 있다. 시인은 다름 아닌 "머리를 깎고, 수술복으로 갈아입고/마취를 하고, 한참을 죽었다가 깨어나니/사라진 그녀의 오른쪽 가슴"에서 사람의 절개지를 발견한다. 사람의 절개지는 자연의 절개지와는 달리 쉽게 복원되지 않는다. 그러니 더욱 슬프지 않을 수 없다. "설핏, 기우는 저녁노을"이 "붉게 물드는 브래지어" 속 "그녀의 절개지"는 "아프게 감"추어져 있을 뿐이다. 자연에게나 사람에게나 여기저기 절개지를 만드는 것은 좋지 않다. 이들 절개지를 바라보면서도 마음이 아프지 않은 사람은 없으리라. (b)

휠체어 댄스

이금주

익숙한 숲길에서 밀려나
등대도 없이
바다를 건너가는 모시나비

파도에 끌려가는지
파도를 끌고 가는지

위로 솟구쳤다
아래로 떨어졌다
반복하며
아슬아슬한 줄 위
설익은 남사당이 펼쳐든 부채처럼
팔라당, 팔라당당

이리저리 흔들어대는
인정 없는 바람 속에서
초심 잃지 않으려 안간힘 쓴다

고통스러운 변신을 이겨내고 얻은
생의 부표, 작은 날개
소금에 푹 절어
굳은살이 박이도록

날고 또 나는

저!
젖은 날갯짓

(『미네르바』 2016년 겨울호)

휠체어댄서를 "익숙한 숲길에서 밀려나/등대도 없이/바다를 건너가는 모시나비"로 묘사한 비유는 감동적이다. 그 "나비"가 "위로 솟구쳤다/아래로 떨어졌다/반복하며/아슬아슬한 줄 위/설익은 남사당이 펼쳐든 부채처럼/팔라당, 팔라당당"하는 모습은 장애를 가졌지만 인간다운 삶을 영위하려는 안간힘이기에 숙연해지는 것이다. 춤이라는 것은 온몸을 가락에 맞추거나 흥겨워 움직이는 동작으로 결국 자신의 삶을 즐겁게 만든다. 따라서 "고통스러운 변신을 이겨내고 얻은/생의 부표, 작은 날개"로 "굳은살이 박이도록/날고 또 나는" 휠체어댄서들의 모습은 응원 받을 만하다.

휠체어댄스는 휠체어를 이용해 장애인과 장애인, 장애인과 비장애인의 펼치는 댄스 스포츠이다. 북유럽에서 활성화되어 경연대회가 열리기 시작했는데, 우리나라에서는 1996년부터 시작된 것으로 알려져 있다. 2002년 한국휠체어댄스스포츠연맹이 창립됨으로 인해 휠체어댄스가 널리 알려질 수 있는 토대가 마련되었다. 장애인에 대한 편견을 극복할 수 있는 운동으로 모던 댄스 종목(왈츠, 비엔나 왈츠, 퀵스텝, 탱고, 폭스 트로트)과 라틴 댄스 종목(차차차, 룸바, 삼바, 자이브, 파소 도블레)이 있다. (d)

나무의 장례

이덕규

한 그루 나무를 베고 보니
나무는 그동안 가만히 서 있는 게
아니었습니다. 나무는 자라면서
걷고 또 걸었던 것이었습니다
걷고 또 걸어서 나무의 장딴지는 갈수록
굵어졌던 것이었는데요

한때 회색분자들이 우글거리던 동토에
초록 물감 폭탄을 던진 녹색당원
결국 초록을 다 써버리고
지전 한 장 없이
맨발로 추운 상점들의 거리를 지나
닿을 듯 머리 위로 흘러가는
달콤한 구름의 이야기들을 따라
그는 얼마나 멀리 걸어갔던 것일까요

나는 오늘 평생 걷고 또 걸어서 마침내
자신에게 이른 한 나무의 마지막
뒷모습을 보았습니다
먼 길을 걸어서 자신이 태어난
처음의 자리, 그 둥근 나이테
한가운데로 풍덩, 뛰어들어 간 파문의
소실점이 다만 고요했습니다

(『시작』 2016년 여름호)

이 시의 화자는 한 그루의 나무를 베는 "나무의 장례"를 통해 그 생을 회상한다. 잘린 나무의 나이테에서 나무가 걸어온 길을 떠올리는 발상이 홍미롭다. 평생 한자리에 붙박여 있는 나무의 생리와 다른 역동적인 상상력을 작동시킨 것이다. 나무가 자라면서 걷고 걸어온 길이 곧 나이테라면 나무는 죽는 순간까지 걸음을 멈추지 않았다고 볼 수 있다. 해마다 늘어나는 나이테는 걷고 걸어서 굵어진 나무의 장딴지라니 그도 그럴듯하다. 이 나무는 "회색분자들이 우글거리던" 동토와 같은 도시 한복판에서 초록의 잎을 분사하며 "녹색당원"으로 활약했다고 한다. 마지막 한 잎까지 알뜰히 세상에 뿌리고 이제 마침내 몸뚱이만 남은 나무의 마지막 모습은 그 둥근 나이테가 보여주듯 평생 걷고 또 걸어 자신에게 이른 성자의 모습과 다를 바 없다. 둥근 나이테의 파문 한가운데로 뛰어들어 생을 마무리한 나무의 소실점은 고요하기만 하다. 아낌없이 자신을 베풀고 고요히 한 생을 마감하는 나무의 장례가 먹먹하게 다가온다. (c)

오디 똥

이동순

경상북도
영덕군 창수면 인량리
너른 들 한눈에 내려다보이는
낡은 충효당 대청
난간마루

거기서 마당귀 굽어보니
저절로 돋아나
오래된 산뽕나무 한 그루 서 있네
올해는 어인 오디가
저리도 주렁주렁 열렸나

마을 꼬맹이들
오디 먹고 까만 입술로
재잘거리다 가고
그 뒤를 굴뚝새 가족들
가지에 매어달려 오디 따 먹네

새들도 떠나고
갑자기 텅 빈 대청마루
여기저기 까만 얼룩 무엇인가
굴뚝새 녀석 배불리 먹어대더니
오디 똥 누고 갔네

(『시와시학』 2016년 가을호)

통독을 하자마자 머릿속에 그림이 환하게 그려지는 시이다. 시인의 의도와 독자들의 상상력이 행복하게 만나고 있는 것이 이 시이다. 이 시의 초점은 "텅 빈 대청마루/여기저기"에 "굴뚝새 녀석"이 싸지른 '오디 똥'에 모아져 있다. 하지만 독자들의 시선이 이곳으로 모이기 전에 시인은 일단 먼저 일정한 공간을 제시한다. "경상북도/영덕군 창수면 인량리/너른 들 한눈에/내려다보이는/낡은 충효당 대청/난간마루"가 다름 아닌 그곳이다. 시인은 이곳에 서서 "마당귀 굽어보"며 "저절로 돋아나/오래된 산뽕나무 한 그루"를 바라본다. "올해는 어인 오디가/저리도 주렁주렁 열렸나" 하고 자문하면서 말이다. 그는 이렇게 "마을 꼬맹이들/오디 먹고 까만 입술로/재잘거리다 가고/그 뒤를 굴뚝새 가족들/가지에 매어달려 오디 따 먹"고 돌아가는 것까지 바라본다. 그런 다음에야 비로소 시인은 "새들도 떠나고/갑자기 텅 빈 대청마루/여기저기 까만 얼룩"으로 남아 있는 "오디 똥"에 주목한다. 먼 곳에서부터 가까운 곳으로 시선의 중심을 옮겨오는 원근법이 사용되어 있는 시이다. (b)

봄 바다

이명수

월령 해변에서 금능, 협재에 이르는 동안
차창 가에 앉은 젊은 여자가
스치는 봄 바다에 꽂혀
죽여주네, 죽여주네를 연발한다
옆자리의 사내가 수평선처럼 말한다
내가 죽여줄게,

봄, 좋을 때다
삶의 절반이 죽음이라면
봄밤, 반쯤 죽어도 좋겠다

(『문학선』 2016년 가을호)

멋진 풍경, 아름다운 경치를 멋지고 아름다운 시로 쓰기는 쉽지 않다. 절경은 그냥 바라보고 아, 하고 감탄하는 것으로 족하다. 이 시는 마당히 멋지고 아름다운 "봄 바다"로부터 기인한 시이다. 제주도의 "월령 해변에서 금능, 협재에 이르는 동안/차창 가에 앉은 젊은 여자가" 바라보는 "봄 바다"로부터 말이다. 하지만 자세히 살펴보면 정작 이 시의 대상은 '봄 바다'가 아니라 그것을 보고 감탄하는 "차창 가에 앉은 젊은 여자"와 그에 호응하는 "옆자리의 사내"이다. 그에 따르면 "차창 가에 앉은 젊은 여자가" 제주도의 "봄 바다에 꽂혀/죽여주네, 죽여주네를 연발"하자 "옆자리의 사내가" "내가 죽여줄게" 하고 말한다. 중요한 것은 사내의 "내가 죽여줄게"라는 말이 갖는 타나토틱 이미지이다. 그것이 이내 에로틱 이미지를 발생시키기 때문이다. 이는 이어지는 구절 "봄, 좋을 때다/삶의 절반이 죽음이라면/봄밤, 반쯤 죽어도 좋겠다"라는 구절에서도 마찬가지이다. 타나토스와 에로스는 각기 다르지 않다는 것을 잊어서는 안 된다. 따라서 "반쯤 죽어도 좋겠다"라는 말은 깊은 사랑에 취하고 싶다는 말이 된다. 날씨가 좋은 봄날, 제주도의 해변을 차로 달리다 보면 누구나 "반쯤 죽어도 좋겠다"라고 말하고 싶지 않을까. (b)

이승에서의 날들

이사라

멀리서 서로를 보는 것보다
곁에서 함께 겪는 것이 더 아픈 우리가

서럽게 어렵게 뜨겁게
겪어냈을 때

기억은 머리에서 남고
회상은 가슴에서 남는다지만

우리가 아무리 못났어도 인연이기에
이제 우리는 헤어질 것이다

지금 여기 꽃이 피고 지고 바람이 불고 사그러지고
마음이 몇 번씩 닿았다가 무너진 인연이기에

이승 아닌 곳에서 다시 봉인될 것이다

(『시와정신』 2016년 여름호)

시인은 멀리서 서로 바라볼 때보다 곁에서 함께 지낼수록 아픔을 주고받는 경우가 더 많을 것이라고 한다. 그러나 늘 다가오는 고난을 "서럽게 어렵게 뜨겁게" 함께 극복하고 나면 더 아름다운 기억으로 남아서 언젠가 회상을 하게 할 것이다. 서로가 부족하지만 함께 있다는 것만으로도 깊은 인연이며 시간이 흐르면 또 헤어져야 할 것이다. "꽃이 피고 지고 바람이 불고 사그러지"듯 삶이란 만남과 이별의 연속이기 때문이다. 서로 곁에 사는 동안 "마음이 몇 번씩 닿았다가 무너진 인연"이지만 그 과정에서 서로 상처를 줄 수 있을 것이다. 서로 다른 욕망을 갖고 더불어 살아가는 게 이승이라서 그것은 당연한 일이라서 이승을 떠나면 그 상처도 봉인되고 아름다운 추억으로 남을 것이다. 그렇게 시인은 이승의 삶에 대해서 긍정적인 시선을 보내며 인연의 소중함을 넌지시 암시하고 있다. (a)

뒤란의 노래

이상국

밥 잦을 때면 고추나 가지 찌는 냄새가 조상처럼 떠돌던 그곳 어딘가에 아버지는 나의 태(胎)를 묻었다.

배고픈 짐승들이 덫에 핏자국을 남기고 겨울이 가면 울섶 아래 둥그렇고 둥그런 머위가 피던 곳,

장독대 아래 수정(水精)을 묻고 물 주며 그걸 팔아 먼 데 기차를 타려 했으나 골은 너무 더디게 자랐고

전쟁이 지나가자 누군가 인공(人共)과 아버지의 번쩍번쩍 유물론을 놋그릇처럼 거두어 가고 나는 수복(收復)의 땅에서 녹슨 탄피를 주워 공책을 샀다.

나는 지금도 피난의 죽고 넘어지는 꿈을 꾼다. 그리고 나의 시는 한 번도 국경을 넘어보지 못했다.

아직도 먼 데서 포성이 울고 어린 누이는 로스케를 피해 대숲에서 울고 있다.

(『실천문학』 2016년 봄호)

이 시는 시인이 '뒤란'에서 겪은 체험과 추억을 담고 있다. 내 고향 충청도 공주에서는 '뒤꼍'이라고 불렀는데, 시인의 고향 강원도 양양에서는 '뒤란'이라고 부른 모양이다. 사전에서는 '뒤란'을 "집 뒤의 울타리를 둘러친 안"이라고 말하고 있고, '뒤꼍'을 "집 뒤에 있는 마당이나 뜰"이라고 말하고 있다. 같은 공간을 두고 달리 말하는 것이리라. 시인이 체험하고 추억하는 '뒤란'은 "밥 잦을 때면 고추나 가지 찌는 냄새가 조상처럼 떠돌던" 곳이고, "아버지"가 "나의 태(胎)를 묻"은 곳이다. 뿐만 아니라 그에게 떠오르는 '뒤란'은 "배고픈 짐승들이 덫에 핏자국을 남기"던 곳이고, "겨울이 가면 울섶 아래 둥그렇고 둥그런 머위가 피던 곳"이다. 이곳에서 시인은 "장독대 아래 수정(水精)을 묻고 물 주며 그걸 팔아 먼 데 기차를 타려"는 꿈을 꾼 적이 있다. 어린 시절 그는 이 '뒤란'의 주변에서 전쟁을 맞는다. 그때 그는 "전쟁이 지나가자 누군가 인공(人共)과 아버지의 번쩍번쩍 유물론을 놋그릇처럼 거두어 가"는 것을 경험하기도 한다. 이 뒤란 가까운 곳에서 당시 그는 "녹슨 탄피를 주워 공책을" 사기도 한다. 어린 시절의 체험은 누구에게나 오래도록 남기 마련이다. 그는 "지금도 피난의 죽고 넘어지는 꿈을 꾼다". 꿈속에서는 "아직도 먼 데서 포성이 울고 어린 누이"가 "로스케를 피해 대숲에서" 운다. 그의 시가 "한 번도 국경을 넘어보지 못"하는 것도 실은 무관하지 않다. 전쟁 전에는 북한 땅이었던 곳이 그의 고향 양양이라는 것을 알아야 한다. (b)

세한도

이상백

또 푸른 피를 수혈받는다

뾰족뾰족한 내 말이 옳다
하면서도
행여 찔릴까 봐 등을 돌리고
빠른 걸음으로 산을 내려가는 그들을
오늘은 나도 따라가고 싶다
내려가서
꽃무리에 끼여
한때를
주목받고 싶다
철철이 옷을 갈아입고
풍경화도 되고 싶다

나만 나를 몰라
이렇게
거꾸러질 것 같은 날은
나도 모르게
스승의 빛나는 그늘을 찾는다

밤새도록 퍼부어대던 눈발도 그친 찬란한 아침.
노송으로 우뚝한 스승의 뜰에
소나무로 서고 싶어서다

목구멍으로 솔잎 냄새가 넘어간다

(『시와정신』 2016년 봄호)

'세한도'라는 제목으로 시를 쓰고 있는 것을 보니 시인의 마음이 추운 모양이다. 높은 산정에서 살며 춥고 고독하지만 "푸른 피를 수혈받"고 있는 것이 시인이다. 그곳에서 강건하게 살며 "뾰족뾰족한 내 말이 옳다"고 생각하는 것이 그인 것이다. 사람들은 이 "뾰족뾰족한 내 말에" "행여 찔릴까 봐 등을 돌리고/빠른 걸음으로 산을 내려"간다. 그런데 그도 오늘은 이들을 "따라가고 싶다"고 느낀다. "내려가서/꽃무리에 끼여/한때를/주목받고 싶"은 것이다. 뿐만 아니라 "철철이 옷을 갈아입고/풍경화도 되고 싶"은 것이다. 이처럼 한편으로는 춥고 고독한 산정의 삶을 버리고 세속적인 부와 명성을 찾고 싶은 것이 그이다. 그래서 그는 "이렇게/거꾸러질 것 같은 날은" 자기도 "모르게/스승의 빛나는 그늘을 찾는다". 이때의 스승은 추사인데, 물론 추사는 일종의 상징이다. "밤새도록 퍼부어대던 눈발도 그친 찬란한 아침" "노송으로 우뚝한 스승의 뜰에/소나무로 서고 싶어서다" 등의 구절이 이를 잘 말해준다. "목구멍으로 솔잎 냄새가 넘어"가는 삶을 살며 온갖 유혹을 이겨내는 시인에게 늘 축복이 함께하기를 빈다. (b)

뱀처럼

이상호

어떤 자동차 광고 장면에서
멀리 꾸불꾸불 돌아가는 산길을 본 아내가
소스라쳐 놀란다

저거 뱀 아니야?

우리가 가는 길
살아내야 할 길

부드럽게 돌고 돌아가기를 바라지만
직면하면 언제나 뱀처럼 꿈틀거리네

멀어지면 아름답고
가까우면 소름 돋고

(『시로여는세상』, 2016년 가을호)

가끔씩 자동차 광고나 영화에서 뱀처럼 구불구불 이어지는 길을 롱 숏으로 촬영한 것을 볼 수 있다. 이런 장면은 직선이라는 자동차도로의 이미지를 뒤집기 때문에 깊은 인상을 준다. 길의 아름다움을 재발견하게 한 영화 〈서편제〉에서도 줄곧 완만하거나 급격한 곡선의 길들이 등장한다. 직선의 길에 익숙해져 있는 사람들에게 곡선의 길은 낯설고 불편하다. 삶의 속도를 높이기 위해 길은 끊임없이 직선으로 확장되어왔다. 이제는 구불구불하게 남아 있는 옛길이 경탄을 일으킬 정도로 찾아보기 힘들다. 그런 길들이 각별한 느낌으로 다가오는 것은 우리가 망각하고 있던 인생길의 의미를 떠올리게 하기 때문일 것이다. 자동차도로는 직선으로 많이 정비되었지만 "우리가 가는 길/살아내야 할 길"은 여전히 곡선도로의 난해한 코스와 흡사하다. 굽이마다 긴장을 늦출 수 없고 끝도 없이 이어지는 산길처럼 우리네 인생길도 험난하다. "멀어지면 아름답고/가까우면 소름 돋"는다. (c)

무지개 생명부

이수영

벤치에 그늘이 앉아 있다.

나는 그 그늘에 앉는다.

특별한 그늘, 그러나 시한부 그늘,

창대했던 그 그늘 속에서

그리운 거 하나 없었는데,

그늘은 점점

햇빛을 제 몸에 들이고 있다.

그늘과 햇빛이 만드는 저,

무지개.

(『문학과창작』 2016년 가을호)

이 시는 '그늘'을 노래하고 있다. 이 시에서의 그늘은 자못 특별하다. "시한부 그늘"이기 때문이다. 얼마 남아 있지는 않지만 시인은 아직도 "그 그늘에 앉"아 있고는 한다. 한때는 창대했던 것이 시인이 생각하는 "시한부 그늘"이다. 그런데 "그늘은 점점//햇빛을 제 몸에 들이고 있다." 그렇다. 여기까지 읽으면 이때의 그늘이 '아버지의 그늘'이라는 것을 알게 된다. 물론 "햇빛을 제 몸에 들이고 있"는 '아버지의 그늘'은 그것이 점점 줄어들고 있다는 것을, 이를테면 아버지가 시한부의 삶을 살고 있다는 것을 가리킨다. 따라서 언제인가는 완전히 줄어들고 말 것이 '아버지의 그늘'이다. 이어지는 구절에서 시인은 "그늘과 햇빛이 만드는 저,//무지개"를 노래한다. 과거의 넓었던 아버지의 그늘과, 지금의 햇빛이 밀려와 줄어드는 아버지의 그늘이 서로 만나 무지개를 만들고 있는 것이다. 넓은 그늘을 가지고 있던 과거의 아버지와, 좁아진 그늘을 가지고 있는 오늘의 아버지가 만나 무지개를 피운다는 것인데, 물론 이때의 무지개가 상징하는 것은 아버지에 대한 아름다운 추억과, 그에 따른 환상이다. 시인은 아버지의 혜택과 음덕이 사라지는 대신 아버지에 대한 아름다운 추억과, 그에 따른 환상이 남게 되리라는 것을 이처럼 무지개의 이미지로 노래하고 있다. (b)

형제를 위하여

이시영

"성님 계신가요?" 우멍한 목소리가 마당에 들어서면 벌써 당숙이었다. "종제인가?" 하고 놋재털이에 담뱃재 탕탕 털고 반갑게 사랑문 여는 소리가 들리면 아버지였다. 둘은 이렇게 아침부터 저녁까지 문안 인사를 함께 나누는 형제보다 더 친한 사촌이었다. 아버지 돌아가시고 난 후 어느 여름밤 평상에 앉아 내 손을 잡고 "느그 아버지, 아니 내 성님으로 말할 것 같으면, 내가 여순 때 산사람 살 때 나 살리려고 탄원서 내다 순천형무소까지 가셨다" 하면서 더 이상 말을 잇지 못하고 흐느끼던 당숙도 얼마 뒤 저세상으로 훌쩍 건너가 아버지와 골짜기 하나를 사이로 묻혔다. 그러나 마을 사람들 말에 의하면 요즘도 어둑새벽이면 뒷산에서 두런거리는 소리가 안골까지 들려올 때가 있다고 한다. "어 종제인가?" "성님 그간 별고 없으시고요?" 그리고 긴 대나무 달린 물 괭이를 하나씩 나눠 들고 나란히 앞들을 둘러본 뒤 돌아가신다고 한다.

(『창작과비평』 2016년 봄호)

시인은 자신이 꿈꾸는 이상향을 미래에서 찾지 않고 과거에서 찾는다. 미래의 유토피아보다는 과거의 파라다이스에서 이상적 공동체를 찾고 있는 것이 시인이다. 그렇기 때문일까. 시인은 항용 어린 시절에 살던 지리산 자락의 시골 마을을 근원적 이상향으로 받아들인다. 물론 이때의 이상향은 근원적 신뢰가 살아 있는 따뜻한 인간관계에 바탕을 두고 있다. 이 시에서 시인은 그것을 "골짜기 하나를 사이로" 묻혀 있는 "형제보다 더 친한 사촌" 간의 우정에서 찾는다. "우멍한 목소리"로 "마당에 들어서"던 당숙과 "놋재털이에 담뱃재 탕탕 털고 반갑게 사랑문"을 열던 아버지의 진실한 우정 말이다. 이들의 우정을 두고 시인은 "아침부터 저녁까지 문안 인사를 함께 나누는 형제보다 더 친한 사촌이었다"고 한다. 살아서는 여순 사건 때 산사람을 살다가 잡히고 만 당숙을 살리기 위해 "탄원서"를 내다가 "순천형무소까지" 갔던 것이 아버지이다. 이처럼 진한 우정을 갖고 있었던 것이 이들이다. 하지만 지금은 "당숙도 얼마 뒤 저세상으로 훌쩍 건너가 아버지와 골짜기 하나를 사이로 묻"혀 있다. 하지만 "마을 사람들 말에 의하면 요즘도 어둑새벽이면 뒷산에서 두런거리는 소리가 안골까지 들려"온다고 한다. "긴 대나무 달린 물 괭이를 하나씩 나눠 들고 나란히 앞들을 둘러본 뒤 돌아가신다고 한다." 시인이 보기에는 그만큼 깊고 따듯하게 남아 있었던 것이 당시 고향마을에서의 아버지와 당숙의 우정이다. 그러니 어찌 귀하고 소중하다고 하지 않을 수 있겠는가. (b)

발을 고르는 저녁

이여원

폭탄 세일을 하는 달세 양말 가게 앞에서
발을 고르는 저녁
추운 겨울일수록 믿을 건 발밖에 없다고
손이야 제 염치를 감싸 쥐고 입김이라도 빌리지만
발은 너무 먼 곳이어서
쭈그리고 앉아 발을 고른다

전쟁도 아닌데 세상엔
웬 폭탄 맞은 것들이 이렇게 많을까
폭탄에 흩어진 발을 수습하듯 발을 고른다

얼어 죽은 고양이를 본 날
가지런한 것은 입가의 몇 가닥 염치와
네 개의 맨발바닥
20원짜리 흰 봉투에 담긴 70만 원의
자존감은 어떤 염치를 지나서 담겼을까
죄송하다는 말,
한 가족의 자존감을 새삼 알게 된 저녁
아득한 벼랑 위인 듯 발을 고른다

치수에 맞춰진 발
절뚝거리는 발이나 번쩍거리는 구두나

모두 한 겹 신고야 말
납작한 한 켤레의 발
발을 고르다 말고 그 시린 발들에
중얼거린다, 죄송하고 미안합니다

발바닥보다도 못한 사각지대의
맨발이 달려드는
저녁에 앉아 따뜻한 발을 고른다

(『창조21』 2016년 가을호)

발은 인체의 기관 중에서 가장 힘든 노동을 담당한다. 발은 1km를 걷는 경우 15톤의 압력을 받는다. 그래도 발은 멈추지 않고 걷는다. 사람이 태어나서 60세까지 걷는 거리는 16만 km, 즉 지구를 세 바퀴 반 돈다고 한다. 발은 자신의 운명을 기꺼이 받아들인다. 아래로 몰린 피를 심장을 향해 뿜어주는 제2의 심장 역할을 하는 것이다.

"추운 겨울일수록 믿을 건 발밖에 없다"라는 작품 화자의 토로에서 보듯이 몸의 주춧돌인 "발"은 서민들에게 특히 중요하다. 만약 "발"에 문제가 생기면 몸을 움직여야만 하는 서민들은 살아가는 데 큰 지장을 받기 때문이다. 무릎이나 허리나 어깨까지 문제가 되므로 육체노동을 할 수 없는 것이다. 따라서 "발바닥보다도 못한 사각지대의/맨발이 달려드는/저녁에 앉아 따뜻한 발을 고"르는 화자의 자세는 힘들더라도 살아남으려는 행동으로 볼 수 있다. (d)

어항 속의 고요

이영옥

물고기는 사나운 바다를 그리워했다
플라스틱 수초는 물고기를 위해 거짓 춤을 추었다
부드러운 진동에 익숙해졌을 때
물고기의 의심은 가라앉고
말갛게 눈뜬 평화가 물고기처럼 잠들었다
물은 소리를 누르는 힘으로 사랑을 감추고
온몸이 귀인 어항이 물고기의 눈물을 들어주었다
물은 물고기에 관해서는 모르는 게 없다
너는 내 안에서 너를 지킬 뿐이지
그렇다면 울먹이는 어항은 누구의 감정인가
물고기는 가짜 팔이 만든 다정한 품속에서
내일도 무사할 거라고 믿었다
크기를 잴 수 없는 흔들림에 올라탄 채

(『문예중앙』 2016년 가을호)

바다에서 잡힌 물고기가 어항에 살게 된다면? 처음에는 사나운 바다를 그리워할 것이다. 좁은 어항을 못 견뎌할 것이다. 그러면 물고기는 어떻게 어항에 적응하게 되는가? 물고기를 위해 거짓 춤을 추는 플라스틱 수초가 조금은 위로가 되어줄 것이다. 어항의 부드러운 진동은 곧 편안하게 느껴지고 물고기는 점차 평화로운 환경에 익숙해지게 된다. 어항은 물고기를 완전히 장악한다. 물고기의 모든 불안과 슬픔을 파악하고 감싸준다. 그런데 이런 관계는 마치 사랑하는 사람을 납치해서 감금한 채 소유하는 것과 다를 바가 없다. "너는 내 안에서 너를 지킬 뿐이지"라는 억압은 상대방의 자율성을 빼앗아 자신의 통제하에 두는 방식이다. 상대방을 구속하고 전유하는 어항 역시 마냥 편치는 않을 것이다. 물고기가 울먹인다면 그것은 물고기를 전적으로 소유하고 있는 어항의 책임이기도 하다. 그러니 물고기도, 어항도 행복하기는 힘들다. 물고기는 "가짜 팔이 만든 다정한 품속에서" 내내 무사할 수 있을까? 어항의 품속이야말로 "크기를 잴 수 없는 흔들림"을 내포하고 있다는 것을 모르는 채 물고기는 거짓 평화에 익숙해져갈 것이다. (c)

따뜻한 편지

이영춘

비는 오는데 우체국 창가에서 순번을 기다리다 지쳐 아들아 이 편지를 쓴다

"춘천 우체국에 가면 실장이 직접 나와 고객들 포장박스도 묶어주고
노모 같은 분들의 입, 출금 전표도 대신 써주더라."고 쓴다
아들아, 이 시간 너는 어느 자리에서 어느 누구에게
무엇을 어떻게 하고 있는지 돌아보라고 쓴다
나도 공직에 있을 때 제대로 했는지 돌아보겠지만
너도 우체국 실장처럼 그렇게 하라고 일러주고 싶은 시간이다

겨울날 창틈으로 스며드는 햇살 받아 안듯
"비 오는 날 문턱까지 손수 우산을 받쳐주는 그런 상사도 있더라."고 덧붙여 쓴다

살다 보면 한쪽 옆구리 뻥 뚫린 듯 휑한 날도 많지만
마음 따뜻한 날은 따뜻한 사람 때문이란 걸 알아야 한다

빗줄기 속에서, 혹은 땡볕 속에서
절뚝이며 걸어가는 촌로를 볼 때가 있을 것이다
네 엄마, 네 외할머니를 만난 듯
그들 발밑에 차이고 걸리는 것이 무엇인가를 읽을 줄 알아야 한다
마음속 눈에 옷을 입혀야 한다

공부라는 것, 성현의 말씀이란 것, 따로 있는 게 아니다
사람 위에 사람을 보지 말고
사람 아래 사람을 보는 눈을 키워라, 그러면
터널처럼 휑한 그들 가슴 한복판을 가득 채우는 햇살이 무엇인가를 알게 될 것이다

아들아 비 오는 날 우체국 창가에서 순번을 기다리다 지쳐 이 편지를 쓴다

(『시에』 2016년 가을호)

어느 어머니에게나 자식에 대한 사랑은 유별나다. 시인의 경우도 그렇다. 시인은 지금 "우체국 창가에서 순번을 기다리다 지쳐" 아들에게 편지를 쓴다. 편지의 내용에는 우체국 창가에서 시인이 직접 보고 들은 내용도 포함되어 있다. "실장이 직접 나와 고객들 포장박스도 묶어주고/노모 같은 분들의 입, 출금 전표도 대신 써주"는 것 말이다. 이런 연유로 시인은 아들에게 "이 시간 너는 어느 자리에서 어느 누구에게/무엇을 어떻게 하고 있는지 돌아보라고 쓴다." 시인은 "나도 공직에 있을 때 제대로 했는지 돌아보겠지만/너도 우체국 실장처럼 그렇게 하라고 일러주고 싶은" 것이다. 더불어 "비 오는 날 문턱까지 손수 우산을 받쳐주는 그런 상사도 있더라"고 덧붙인다. "살다 보면 한쪽 옆구리 뻥 뚫린 듯 휑한 날도 많지만/마음 따뜻한 날"도 많기 마련이다. 시인은 그것이 "따뜻한 사람 때문이"라고 말한다. 그러니 시인은 아들에게 "절뚝이며 걸어가는 촌로를" 보면 "네 엄마, 네 외할머니를" 보듯 하라고 진술한다. "그들 발밑에 채이고 걸리는 것이 무엇인가를 읽을 줄 알아야 한다"는 것이다. "터널처럼 휑한 그들 가슴 한복판을 가득 채우는 햇살이 무엇인가를 알"아야 한다는 뜻이다. 생각해보면 "공부라는 것, 성현의 말씀이란 것, 따로 있는 게 아니다". 시인이 보기에는 "사람 위에 사람을 보지 말고/사람 아래 사람을 보는 눈을 키"우는 것이 중요하다. "비 오는 날 우체국 창가에서 순번을 기다리다 지쳐" 아들에게 쓰는 이 편지 형식의 시가 가슴을 찡하게 한다. (b)

달팽이 계단과 능소화

이영혜

이 높은 동네의 작고 붉은 나팔들
더 뾰족해진 입술로 더 뜨거운 여름을 뿜어대지
무엇이든 다 삽니다
가게 앞에 늘어선 뱃속 머릿속 드러난 퇴물들
냉장고 세탁기 텔레비전 컴퓨터
한때를 관통하던 열기까지
달팽이 계단에 쭈그려 앉아
아랫녘 망연히 바라보며 부채질하는
할매들 오래된 온기까지
축대 가득 거꾸로 매달려서 왼 여름 내 불어대지

모가지 채 떨어져 내려
후끈한 길바닥에 무더무더 쌓여도
어느 어느 꽃들처럼 눈길 받지 못해도
갈 데 모르는 시간처럼 아무데나 뒹굴어도
연신 태양빛 꽃 피고 지고 피고 또 지다가
계절 끝에서 무더기로 확 시들어버릴 거지

너무나 더디 가는 여름
불 고문 같은 오후는 아스팔트 위에 눌어붙고
멀리 낮달이 떠도 쉽게 저녁은 오지 않고

달팽이 계단 정류소를 오가는 마을버스 바퀴 아래로도
이제 차갑지도 못한 에어컨 냉장고 위로도
사뿐, 한 번도 내뱉지 못한 그 말들을
입술 모아 뜨겁게 불어대고 한 몸 누이는 거지

(『용인문학』 2016 겨울호)

달팽이 계단을 오르내리는 "높은 동네"를 구성하는 능소화 "붉은 나팔들", "뱃속 머릿속 드러난 퇴물들", "할매들"이 병치되면서 서로 비유적 관계를 맺는다. 그리고 그것들이 함께 어울리며 그 쇠락해가는 달동네의 절망과 기다림을 반복적으로 보여준다. 주민들이 떠나면서 고물처럼 팔고 갔을 가전제품이 놓인 가게 앞에서 "무엇이든 다 삽니다"라고 주인 대신 외치는 "뾰쪽해진 입술"은 동네의 어제와 오늘을 잘 암시해준다. 그것은 "계절 끝에서 무더기로 확 시들어버릴" 능소화의 말이자 동네를 지키며 힘든 삶을 살다가 온기를 잃어가는 "할매들"의 목소리일 것이다. 열기를 좇다가 수명이 다해서 "차갑지도 못한 에어컨 냉장고"는 달동네의 갑갑한 현실을 그대로 보여준다. 대낮에 떠 있어서 누구도 잘 보아주지 않는 낮달이 "한 번도 내뱉지 못한 그 말들"에 귀를 대고 있다. ⓐ

인왕산의 봄

이은봉

인왕산에 갔네
호랑이를 잡으러 갔네
호랑이처럼 사나운
역사를 잡으러 갔네

호랑이는 없고, 역사는 없고
어지러운 봄볕만
힘겨운 세월만
눈 부릅뜨고 있었네

바위 언덕에 기대어
가까운 수성동 계곡이나
먼 서울 거리나
한강이나 바라보았네

호랑이 대신
호랑이처럼 사나운 역사 대신
샛노란 산수유꽃만
봄 고양이만 잡다가 왔네.

(『창작과비평』 2016년 봄호)

작품의 화자는 "역사"를 "호랑이처럼 사나운" 존재로 인식한다. 그동안의 "역사"가 민중들이 주체가 된 것이 아니라 지배계급이 주도해왔다고 진단하고 있는 것이다. 그리하여 화자는 "역사"에 대해 위협을 느끼고 불안감과 두려움을 갖는다.

그렇지만 화자는 "역사"에 대해 회피할 수 없다고 여기고 맞서기 위해 "인왕산"까지 들어간다. "인왕산"은 불법을 수호하는 금강신(金剛神)의 이름이다. 결국 화자는 세종대왕이 조선 왕조를 수호하려고 이름을 서산(西山)에서 바꾼 "인왕산"에 민중들이 주체가 되는 "역사"를 이루려고 들어간 것이다.

그런데 "호랑이처럼 사나운/역사를 잡으"려고 "인왕산에 갔"는데, 그곳에 "호랑이는 없"다. "역사는 없고/어지러운 봄볕만/힘겨운 세월만/눈 부릅뜨고 있"는 것이다. 그리하여 화자는 "호랑이처럼 사나운 역사 대신/샛노란 산수유 꽃만/봄 고양이만 잡다가 왔"다고 노래한다. 그렇다고 하더라도 "역사"를 두려워하지 않고 맞선 화자의 기운은 늠름하다. (d)

기억의 자살

이인원

지금 발등으로 툭, 떨어지지 않았다면
책갈피 속에 영영 잠들었을 이 한 컷
그때 셔터를 잡히지 않았다면
눈꺼풀 아래 영영 매장됐을 그 순간

우리 모두는 누군가의 기억 속에 순장(殉葬)된 인물
우리 모두의 눈꺼풀 아래 매장된 만남과 이별의 순간

경우에 따라 발굴이 되기도 도굴이 되기도 하겠지만

이미 오래전 자살한
기억의 무덤에 누가 삽을 댔던 것일까
깜짝 놀라 깨어난 분홍 입술의 시간,

벼락같은 한 장면만 남긴 채 요절한 사람과
다 늙어 죽어 다시 만난다면
네가 죽고서 내가 산다면*
내가 죽고서 네가 산다면*

눈이 부시게 푸르른 날은*
순장했던 이를 아니 순장당했던 젊은 나를 발굴해보자
꽁꽁 암매장했던

그리움 또는 증오라는 이름의 녹슨 부장품(副葬品)이라도 도굴해보자

봉긋한 기억의 봉분이
도톰한 분홍 입술의 시간이 자꾸 달싹거리는 날은

봄이 또 오면 어이하리야*
네가 또 가면 어이하리야

* 서정주 시에서 차용.

(『미네르바』 2016년 여름호)

기억이라는 것은 불완전하면서도 놀라운 측면이 있다. 까맣게 잊혔던 장면도 느닷없이 촉발되어 생생하게 되살아난다. 이 시에서도 사진 한 장으로 오래전 기억이 되살아난 경험을 담고 있다. 책갈피 속에 끼워두었던 사진이 책장을 넘기다가 발등으로 떨어진다. 그것을 주워 올려 들여다보는 순간 기억은 어느새 망각의 회로를 통과하여 그 사진을 찍던 시간과 장소로 우리를 데려다 놓을 것이다. 사진으로 찍어두지 않았더라면, 그 책갈피에 꽂아두지 않았더라면 그때의 기억은 영영 묻혀버리기가 쉬웠을 것이다. 어떤 기억들은 깊숙이 매장되어 있다가 이렇게 우연한 기회에 발굴되기도 하고, 때로는 뚜렷한 목적에 의해 도굴되기도 할 것이다. 이미 자기 자신조차 잊어버려 오래전 자살했다고 볼 수 있는 기억의 무덤도 이처럼 한순간 백일하에 드러나기도 한다. 사진 속에는 단 한 장면으로 기억되는 스쳐지나간 어떤 사람이 있다. 그는 나의 기억 속에 순장되어 있다. 그러나 어디 그뿐이랴. 그와 함께 있는 나 역시 "순장당했던 젊은 나"가 아닐까. "봉긋한 기억의 봉분"이 열리며 "도톰한 분홍 입술의 시간"이 깨어나는 이런 순간은 그리움이든 증오든, 잊고 있던 강렬한 감정들에 흠뻑 빠질 수밖에 없을 것이다. (c)

비 울음

이재무

비 오는 밤 창문을 열어놓고

손 뻗어 빗소리를 만져봅니다

가만히 소리의 결을 하나 둘 헤아려봅니다

소리 속으로 들어가봅니다

소리 속에 집 한 채를 지을까 궁리합니다

기실 빗소리는 땅이 비를 빌려 우는 소리입니다

저렇게 밤새 울고 나면

내일 아침 땅은 한결 부드럽고

깨끗한 얼굴을 내보일 것입니다

비 오는 밤 창문을 열어놓고

손 뻗어 땅의 울음을 만져봅니다

(『서정시학』 2016년 가을호)

비가 종종 시심을 유발하는 이유는 다양한 감각을 자극하기 때문일 것이다. 비는 시각뿐 아니라 청각과 촉각을 두루 자극한다. 비가 오면서 진해지는 흙냄새를 생각하면 후각과도 무관하지 않다. 이 시에서는 밤에 오는 비의 소리에 감각을 집중한다. 소리를 듣다가 좀 더 나아가 "빗소리를 만져"본다. 소리의 느낌은 손에 닿는 촉각으로 더욱 증폭된다. 그다음에는 소리의 결을 헤아려 본다. 밤이어서 빗줄기가 잘 보이지 않더라도 소리와 손에 닿은 느낌으로 그 모양을 그려볼 수 있는 것이다. 이 정도로 감각이 열리면 아예 "소리 속으로 들어가" "소리 속에 집 한 채를 지을" 수 있을 것 같다. 빗소리와 하나가 된 돌올한 감각은 시인을 풍경의 한가운데로 이끌어낸다. 그곳에서 시인은 새로운 사실을 발견하게 된다. 빗소리는 비가 내는 소리라기보다 오히려 "땅이 비를 빌려 우는 소리"에 가깝다는 사실이다. 그러고 보니 땅에 닿지 않았다면 비는 저런 소리를 낼 수 없었을 것이다. 눈물을 흘릴 때 우는 것은 눈물이 아니라 우는 사람인 것처럼 빗소리도 실은 땅이 우는 소리였다는 것이다. 실컷 울고 나면 개운해지는 것처럼 비 온 후 땅은 한결 부드럽고 깨끗해질 것이다. 비의 울음과 함께하다가 땅의 울음을 이해하게 되는 차분한 공감의 과정이 인상 깊게 다가온다. (c)

속울음

이정록

빗방울이
연잎 위로 뛰어내릴 때
긴 발가락을 신나게 차올리는 까닭은
미끄러져도 통통 받아주는
아래 이파리 때문이다.

함박눈이
밤새워 새벽까지 내려올 때
흰 양말을 조심스럽게 내딛는 까닭은
무거워도 끙끙 받들고 있는
엊저녁 숫눈 때문이다.

점심시간인데도
뒤꿈치 들고 고개 숙여 걷는 까닭은
흰 국화 꽃다발과 초콜릿과
깨알 같은 손편지를 받들고 있는
책상 때문이다.

누구 하나 빗방울 소리를 내면
수백 수천의 연잎에
소나기가 쏟아지기 때문이다.
책상 서랍 가득

파도 소리 울먹이기 때문이다.

하늘로 날아올라 가는
꽃눈이
다시, 땅바닥에 떨어질까 봐서다.

(『시로여는세상』 2016년 여름호)

여러 이질적인 풍경들은 귀를 낮게 기울여도 그곳에 있는 주체들이 울리는 소리가 들리지 않을 만큼 조용하기만 하다. 연잎 위에 떨어지는 빗방울 소리, 뒤꿈치를 들고 걸어가는 발자국 소리, 숫눈 위로 함박눈이 쌓이는 소리는 오히려 그 풍경에 적막한 분위기를 더한다. 그런데 그 적막한 풍경 속 깊이에 "소나기 쏟아지"는 소리와 "파도 소리 울먹이"며 숨어 있다. 책상이 받들고 있는 "깨알 같은 손편지"의 행간에 감추어둔 "속울음"을 터뜨리지 않으려고 "누구 하나 빗방울 소리를 내"지 않는다. "하늘로 날아올라 가는 꽃눈"은 누구 영혼의 형상일까. 그들이 땅바닥에 떨어지지 않고 승천하기를 바라는 마음으로 고개를 숙이고 걷는 발길들이 숙연함마저 느끼게 한다. 비극적인 사건에 대한 슬픔을 겉으로 드러내지 않고 서정적 풍경 묘사로 보여줌으로써 더욱 큰 '속울음' 소리를 듣게 한다. (a)

매미의 절차탁마

이주희

매미가 장터 노래자랑에 나갔단다
신중하게 고상한 노래로 골라 악보대로
집중 또 집중해서 불렀는데
쪽박만 찼다며 툴툴거린다

직박구리는 샤우팅 창법이라며 쇳소리를 질러대는 통에
장터가 떠나가는 줄 알았는데
최우수상을 거머쥐고는 야지랑스레 으스댔다지
휘파람새는 간드러지기만 일등이었는데 우수상을 받았다고
자청 앙코르로 휘리리 휘이리리 휘파람을 날렸단다
모기는 소리도 들릴 듯 말 듯해
노랜지 타령인지 구분이 안 가는데도 장려상을 차지하고는
앵앵거리는 축하 비행으로 염장을 질렀단다
까마귀는 초상집 곡비처럼 꺼억 꺽꺽 하다가 땡 치는 바람에
한바탕 웃음바다를 만들어 인기상을 타고도 거들먹거렸다며

매미는 공든 탑이 무너졌다는 볼멘소리 끝에
후일을 도모한다고
목청껏 용을 쓰며 악악 아가각거린다

(『시와반시』 2016년 겨울호)

위의 작품은 뼈를 자르고(切), 상아를 다듬고(磋), 옥을 쪼고(琢), 돌을 가는(磨) 과정을 거쳐야 보석이 되듯이 사람도 실력과 인간다움을 갖추려면 절차탁마의 과정이 필요하다는 것을 "매미"를 통해 제시하고 있다. "노래자랑"에 나간 "매미"는 제 나름대로 "신중하게 고상한 노래로 골라 악보대로/집중 또 집중해서 불렀"지만 "쪽박"을 차고 말았다. "직박구리"며 "휘파람새", "모기", "까마귀" 들에 비해 부족한 점이 없다고 생각했기에 충격과 실망이 컸다. 그렇지만 "매미"는 다시 자세를 가다듬고 "후일을 도모"하기 위해 노래를 부른다.

"절차탁마"는 『시경』의 위풍(衛風)에서 유래했다고 알려진다. 위나라 무왕의 덕을 찬미하는 노래에서 "뼈와 뿔을 다루는 자는 이미 칼과 도끼로 잘라놓고 다시 줄과 대패로 갈며, 옥과 돌을 다루는 자는 이미 망치와 끌로 쪼아놓고 다시 모래와 돌로 가니 덕의 닦여지고 삼감이 전진함이 있고 그침이 없다"(如切如磋/如琢如磨)"•고 말한 것이다. 공자도 『논어』의 학이(學而)에서 제자 자공과 문답하면서 군자는 가난해도 아첨하지 아니하고 부유해도 교만하지 않아야 하지만, 적극적으로는 가난하면서도 낙도하고 부유하면서도 예를 좋아해야 한다며 절차탁마를 논했다. (d)

• 성백효 역주, 『시경집주』(상), 전통문화연구회, 1999, 141쪽.

태양의 연인

이채민

정오의 바르셀로나 해변
장미꽃 피어 있는 손바닥만 한 손수건 한 장
하초 위에 올려놓고 거침없이 풀어헤친
뭉클한 젖가슴, 햇빛에게 물리고
태양과 통정하는 이국의 여인을 본다

여인의 몸에 온전히 꽂히는 빛, 빛, 빛
빛과 몸이 하나가 되어
구워지는 저 뜨겁고 당당한 체위
묵정밭 같은 몸도 한통속으로 달궈지는
후끈한 해변의 풍경이 다디달다

끈적이는 눈빛으로 허공을 기웃거리다가
혼자 탱탱히 부풀다가
툭, 터져 나온 내 붉은 속살
지중해의 둥근 바람이
한 입 가득 베어 물고 지나간다

(『미네르바』 2016년 겨울호)

고갱의 그림을 연상케 하는 여행 시이다. 이 시에서 시인은 "정오의 바르셀로나 해변"을 여행 중이다. 그는 이곳에서 "장미꽃 피어 있는 손바닥만 한 손수건 한 장/하초 위에 올려놓고 거침없이 풀어헤친/뭉클한 젖가슴"을 "햇빛에게 물리고/태양과 통정하는 이국의 여인을 본다". 들끓는 생명의 여인, 시원의 여인이라고 하지 않을 수 없다. 시인이 보기에 이 "이국의 여인"은 "몸에 온전히 꽂히는 빛, 빛, 빛/빛과 몸이 하나가 되어/구워지는 저 뜨겁고 당당한 체위"를 갖고 있다. 이 건강한 생명의 여인에 의해 시인은 "묵정밭 같은" 자신의 "몸도 한통속으로 달궈지는" 것을 느낀다. 따라서 시인으로서는 "후끈한 해변의 풍경이 다디달다"고 하지 않을 수 없다. 급기야 시인은 자신의 "붉은 속살"도 "눈빛으로 허공을 기웃거리다가/혼자 탱탱히 부풀다가/툭, 터져 나"오는 것을 느낀다. 이런 자신의 "붉은 속살"을 "지중해의 둥근 바람이/한 입 가득 베어 물고 지나간다"고 노래하는 것이 시인이다. 원시 회귀하는 야생의 건강한 생명력을 생동하는 언어로 노래하고 있는 것이 이 시이다. (b)

영월 혹은 인제

이현승

아픈 마음엔 풍경만 한 것이 없어라.
안팎으로 찢어진 것이 풍경이리라.

다친 마음이 응시하는 상처
갈래갈래 갈라져 나간 산의 등허리를 보는 마음은
찢긴 물줄기가 다시 합쳐지는 것을 보는 무연함이라네.
거기, 어떤 헐떡임도 재우고 다독이는 힘이 있어
산은 바다는 계곡과 별들은 저기 있네.

크레바스 사이로 빨려 들어간 산사람처럼
상처 속의 상처만이 가만히 잦아드네.

찢긴 풍경에겐 상처 입은 마음만 한 것이 없어라.
외로운 사람의 말동무 같네 저 상처.

(『시로여는세상』 2016년 가을호)

"인제 가면 언제 오나 원통해서 못살겠네"라는 말은 인제 주변 지역의 험난한 지형과 척박한 환경을 대변해준다. 서로 이웃해 있는 인제와 원통은 높은 산지인데 이곳을 드나들기가 워낙 힘들었기 때문에 생겼던 말이다. 영월 또한 지금은 이름난 관광지가 되고 교통도 좋아졌지만 예전에는 외지에서 접근하기 힘들 정도로 고립돼 있던 곳이다. 뛰어난 토목기술 덕에 이제 강원도의 영서와 영동을 직선으로 잇는 도로들이 많이 뚫리고 그 악명 높던 산간지역도 쉽게 드나들 수 있게 되었다. 그런데 그곳을 지나게 될 때마다 시원스럽게 뚫린 도로와 함께 눈길을 붙잡는 풍경이 있다. 높은 산의 중턱부터 커다랗게 잘려나간 흔적들이 계속 이어진다. 그것은 곧게 뻗은 도로 이상으로 놀라운 광경이다. 인간의 시각으로는 우공이산의 기적이 펼쳐진 장면일 수 있지만, 신생대 3기부터 유구한 세월 그 자리를 지켰던 산으로서는 난데없는 폭력이 아닐 수 없다. 잘리고 깎여나간 산의 모습은 그 산이 품고 있는 상처를 그대로 드러내 보인다. 그 거대한 상처는 그곳을 지나는 사람들의 웬만한 상처 정도는 재우고 다독일 정도이다. 상처 입은 풍경이 위로가 되기도 한다. 큰 산의 상처 속으로 상처 입은 사람이 잦아드는 장면은 상처가 상처를 감싸는 눈물겨운 광경을 인상 깊게 연출한다. (c)

운문호일(雲門好日) 2

이혜선

닭튀김을 먹고 남은 뼈를
뒷마당에 널어 말린다

맑은 가을볕손가락이 뼈들을 바짝 바짝 말린다
길고 짧은 뼈들을 속속들이 말린다

제자들과 길을 가던 석가모니는
길가의 마른 뼈 무더기를 보자 그 앞에 절했다지
몇 생 전(前) 부모의 뼈인지도 모른다고
검은 뼈 흰 뼈 삭은 뼈 덜 삭은 뼈에 공손히 절했다지

나도 오늘
말라가는 닭 뼈에 마음으로 절한다
내 몇 생 전 부모님 뼈,
몇 생 후의 나의 뼈,

굽이굽이 휘어지며 흘러가는 강물의 흰 뼈가 보인다
산비탈 오르며 미끄러져 주저앉는 너와 나의 뒷모습
굽어진 구름의 등뼈가 보인다
뒤틀린 바람의 무릎관절이 다 보인다

바람 든 무릎 꿇고 다시금
마른 닭 뼈에 절한다

(『문학청춘』 2016년 봄호)

화자는 닭튀김을 먹고 남은 뼈를 말리다가 석가모니가 길을 가다가 "마른 뼈 무더기" 앞에 절을 했다는 일화를 떠올린다. 석가모니는 그 뼈가 "몇 생 전 부모의 뼈인지도 모른다"고 생각했다는 것이다. 살에 가려서 보이지 않으나 육신을 지탱하게 하는 뼈는 문학작품에서 흔히 쉽게 삭고 마는 살과 대조적로 사라지지 않는 영혼의 상징으로 쓰이곤 했다. 그런데 석가모니처럼 화자 역시 닭 뼈가 "몇 생 전 부모님의 뼈요 몇 생 후" 자신의 뼈라 여기고 "마음으로 절"을 올린다. 그리고 뼈를 보며 곡절 많은 삶의 과정처럼 흐르는 "강물의 흰 뼈"를 상상하고 인생의 고비를 만나 좌절하는 "너와 나의 뒷모습"을 생각해본다. 또한 "구름의 등뼈"와 "뒤틀린 무릎관절" 등이라 여기며 자신을 돌아보고 닭 뼈에게 절하는 것이다. (a)

아기 염소

이화영

어둑한 눈발 속으로 소년이 나타났다
쇠말뚝에 목줄 매인 아기 염소
짧은 꼬리를 흔들며 소년에게 달려간다
소년이 아기 염소 머리를 쓰다듬어주려 하자
아기 염소 잽싸게 쇠말뚝 자리로 돌아간다

뚝방길로 오는 동안
소년은 아기 염소 울음에 귀 기울이고
아기 염소는 쏟아지는 눈발 속에서 소년을 기다리고

눈발은 거세지는데 소년은 움직일 줄 모른다
아기 염소 가는 울음 길게 두 번 울고
소년 쪽을 기웃거린다

시든 고마리 눈에 덮이고
미나리꽝은 살풋 얼음을 입고

소년은 아기 염소 목줄을 가만히 움켜쥔다
아기 염소 젖은 풀 해찰하다
높은 굽 타달거리며 소년을 쫓아간다
눈발은 아득히 그칠 줄 모르고

(『현대문학』 2016년 3월호)

아기 염소와 소년 사이에 오가는 마음의 변화가 단편영화의 담백한 영상처럼 그려지고 있다. 눈발이 날리기 시작하여 심해지기까지의 시간 변화와 함께 아기 염소와 소년이 밀착되어가는 과정이 맞물린다. 처음에 아기 염소는 잠시 소년에게 다가왔다가 소년이 머리를 쓰다듬으려 하니까 재빨리 달아난다. 그러고 나자 소년은 걱정이 되면서도 아기 염소의 울음소리만 유심히 살피고, 아기 염소는 가만히 소년을 기다린다. 눈발이 거세져도 소년은 움직일 줄 모른다. 아기 염소가 자기를 피한다고 생각하기 때문일 것이다. 이제는 아기 염소가 길게 울면서 소년을 찾는다. 눈은 그치지 않고 점점 추워진다. 드디어 소년은 아기 염소의 목줄을 가만히 움켜쥐고, 아기 염소는 드디어 풀 뜯기도 그만두고 소년을 따라 나선다. 김종삼의 「묵화」에서 맛볼 수 있는 동물과 인간의 아름다운 교감이 느껴지는 시이다. 김종삼의 시가 그림같이 정지된 장면으로 절제의 미학을 극대화했다면 이 시에서는 둘 사이의 교감이 확대되는 과정이 한 편의 영상처럼 섬세하게 표출되고 있다. (c)

숫자들

임경순

다시 바뀌어 있다
2016년 7월 21일 오후 4시 02분
날씨 최저 21도 최고 27도
855-1번지 381동 2303호에 담겨
내 핏줄과 7306 7305로 소통 중이다
노예 번호 32078189
소통의 고리들은 010으로 시작하여
300여 개 손전화에 대기 중이다
13서 3414를 주차장에 세우면
#2303 2303 자동문을 통과하여
엘리베이터 안 23 버튼에 불을 켜고
마지막 관문 9191# 눌러야
나에게 돌아오는 길 까먹지 않는다
2254911 말소될 때까지 숫자들은
새롭게 나열될 내일 밖에서
번호표를 뽑고 있다
기다리다 지치면 032 277 6366으로
꼽사리 낄 테고 성질 급하면
010 5236 7306에 불쑥
쳐들어올지도 모를 일이지만
누구도 기억하지 않을 기호

옛날, 많은 평범한 날들에 묻혀
낙엽 지는 소리로 지나갈 바람일 뿐이다

(『어울시』 2016년 16호)

분열되고 다원화된 현대에 사는 인간들은 그러한 "숫자"의 울타리 안에 갇힌 채 숫자의 노예가 되어 사는지도 모른다. 숫자는 주로 양이나 서열을 표시하는 기호로서 언어를 추상화하다 보면 그 정점에서 만나게 되는 것이다. 그래서 기호에서 '기의'가 제거되고 '기표'만 남아 어떤 개체가 갖는 가치나 기능을 대신할 수 없다. 그럼에도 불구하고 시곗바늘이 가리키는 숫자에 따라 일하고 온도를 감지하며 숫자가 지시하는 번지 안에서 머물고 생활한다. 숫자를 눌러 전화를 걸고 눌러 관문을 통과하고 엘리베이터를 타고 오르고 내리는 게 일상이다. 나의 꿈이나 개성을 담지 못하는 주민등록번호나 전화번호 등, "누구도 기억하지 않을 기호"인 숫자로 존재하는 현실에서 진정한 나는 "낙엽 지는 소리로 지나갈 바람"처럼 소외된 채 묻혀 있다. (a)

2월 29일

임서원

엄마, 나는 아직 오늘이 모자라요
자폐 소녀는 열두 개 창문을 닫고 커튼을 친다
태양은 줄곧 술래였어요
나는 숨어만 있고요
창문은 최면에 걸린 듯 무심하고 내게는 풋내가 나요
아가, 태양은 계산하는 게 아냐
그렇게 자꾸 조숙해지면
절벽처럼 아득한 공복이 생긴단다
창가에 커튼은 무럭무럭 자라다 너는 또 우는구나
훌쩍훌쩍 달빛이 창문을 넘어온다 괜찮아?
대답을 구하는 놀이는 절반이 아프다
눈물이 떨어지기 전 굵은 것을 골라 삼킨다
너를 내 안에서 허물어야 했어
엄마는 아주 오래전 뱉은 말을 다시
뱉어내기 위해 소년 곁에 오랫동안 쪼그려 앉아 있다
소녀는 술래에게 이미 들킨 자세로 앉아 있다
커튼의 성장판이 닫힐 거라 믿는 엄마 옆으로
말 안 듣는 아이처럼 시득시득 그네가 흔들리고 있다

(『시로여는세상』 2016년 봄호)

2월 29일은 4년에 한 번씩 돌아오는 윤일이다. 지구의 공전주기가 365.2422일이기 때문에 연평균 일수를 365.25일로 맞추기 위해 만든 날이다. 이 시는 재미나게도 2월 29일을 자폐 소녀로 가정하여 그녀의 입장에서 이야기를 풀어간다. 자폐 소녀인 2월 29일은 늘 태양과 숨바꼭질 놀이를 하지만 술래인 태양은 그녀를 못 찾는다. 다른 날들은 다 찾아내면서 2월 29일은 지나치는 것이다. 이 자폐 소녀는 열두 개의 창문에 잘 자라는 커튼을 치고 있어 좀처럼 눈에 띄지 않는다. 그런데 혼자 놀아야 하는 소녀는 얼마나 심심할까. 자기를 찾지 못하는 태양을 원망하자 엄마는 "태양은 계산하는 게 아냐"라고 일러준다. 소녀가 이렇게 된 것은 태양의 잘못이라기보다는 억지로 한 해의 날짜를 맞추려고 한 사람들의 잘못이니 그럴 만하다. "너를 내 안에서 허물어야 했어"라는 엄마의 의미심장한 말이 뜻하는 것도 그와 같다. 소녀의 외로움은 점점 깊어지고 슬픔을 삼키며 적응하는 것 같기도 하다. 이제 곧 커튼의 성장판이 닫히면 태양의 환한 빛이 그 뒤에 숨어 있던 소녀를 발견하게 될 것이다. 4년에 한 번밖에 만날 수 없는 2월 29일을 의인화하니 그 특별함이 부각되면서 자연과 인간 삶의 어쩔 수 없는 엇박자를 재삼 확인하게 된다. (c)

햇빛

임솔아

핏줄이
입술을 뚫고 바깥으로 나왔다.
고구마 순처럼 자라나기 시작하였다.

핏줄에서
잎사귀 같은 것이 생겨났다.

수백 개의 잎사귀들이
소리를 지르기 시작했다.

오 년 후에도
십 년 후에도
크리스마스를 함께 보내자는 말과

눈이 와,
눈이 많이 와,
죽여버릴 거야,

같은 말들이 우수수 피어났다.

벌레들이
핏줄을 타고 올라와

잎사귀를 갉아 먹었다.

구멍이 났고 찢어졌다.
새들이 날아왔고
새들이 집을 지었다.

아침마다 나는
새소리를 들을 수 있게 되었다.
가을에는 잎사귀들이 떨어졌다.
겨울에는 새들이 날아갔다.

나는 동그랗게 웅크리고 앉아
사라진 입술에 대해
쓰기 시작했다.

(『시인동네』 2016년 10월호)

현실에는 없는 환상적 이미지를 가공해 만든 시이다. 따라서 특별한 의미를 찾지 않아도 된다. 일종의 무의미의 시라고 받아들여도 좋다는 것이다. 하지만 이들 이미지 중심의 시는 거듭해 읽다가 보면 늘 스멀스멀 의미가 태어나기 마련이다. 이는 이미지를 질료로 하는 시가 갖는 숙명이기도 하다. 이 시에서 의미를 찾는 노력을 크게 나무랄 수 없는 까닭이 바로 여기에 있다. 이 시에서의 이미지도 끝내 무의미하게 보이지는 않는다는 뜻이다. 일단은 이 시의 앞머리에 나오는 '핏줄'의 이미지부터 생각해보자. 혈관의 고유어인 핏줄은 흔히 가족을 뜻한다. 가족은 언제나 말이 많기 마련이다. 시인은 그것을 "입술을 뚫고 바깥으로 나"온 "핏줄"로부터 고구마 순"의 "잎사귀 같은 것이 생겨"난다고 진술한다. 곧바로 시인은 "수백 개의 잎사귀들이/소리를 지르기 시작"한다고 말한다. 심지어는 "오 년 후에도/십 년 후에도/크리스마스를 함께 보내자"고 말하는 것이 핏줄이다. 시인으로서는 이런 핏줄이 지겹지 않을 수 없다. 더러는 "죽여버릴 거야" 등 막말을 하기도 하는 것이 핏줄이다. 그가 "벌레들이/핏줄을 타고 올라와/잎사귀를 갉아 먹"기를 바라는 것은 바로 이 때문이다. 하지만 그도 핏줄의 계보도가 만드는 나무에 "새들"처럼 집을" 지을 수밖에 없다. 처음에는 누구나 가족이라는 나뭇가지에 둥지를 틀기 마련이다. 그런 이유로 사람들은 나무에서 "새소리를 들을 수 있"는 것이다. 이때쯤이면 이미 핏줄은 핏줄이 아니다. 인생의 겨울이 오면 "잎사귀들"은 "떨어"지고 둥지는 부서져 새들도 나뭇가지를 떠나기 마련이다. 그때도 "핏줄이/입술을 뚫고 바깥으로 나"가기는 어렵다. "동그랗게 웅크리고 앉아/사라진 입술에 대해" 그리워 할 따름이다. 그렇다. 이렇게도 읽을 수 있는 것이 이 시이다. (b)

문법

임승유

눈을 뜨니

풀밭이 펼쳐졌다 펼쳐지는 풀밭의 속도를 따라잡으려다가 멈춘 것처럼 꽃이 있었다 예쁘다고 말하면 뭐가 더 있을 것처럼 예뻤다

뒤로 물러나면 더 많이 보이고 많이 봐서 끝이 보일 때

뭐가 있어?

이불을 끌어다 덮으며 네가 물었고 뭐가 있다고 하면 끝이 안 나는 풀밭이었다 눈을 감으면

눈꺼풀 안쪽까지 따라오는 풀밭이었다 빛이 부족해지면 풍경은 생기다 말았다는 듯 풀이 죽었고

그만해

그런 말은 풀을 뜯어내고 남은 말에 가까웠다

(『창작과비평』 2016년 겨울호)

눈앞에 풀밭이 끝없이 펼쳐지고 있다. 너무 많아서 빠른 속도로 좇아가 봐도 끝도 없이 펼쳐지는 그런 풀밭이다. 중간중간 풀밭의 속도를 따라잡으려다가 멈춘 것처럼 예쁜 꽃들이 섞여 있다. 그런데 이런 말은 과연 눈앞에 펼쳐지는 광경을 다 담아낼 수 있는 것일까? "예쁘다고 말하면 뭐가 더 있을 것처럼 예뻤다"는 말은 예쁘다는 말로 다 표현할 수 없을 정도로 예쁘다는 뜻일 것이다. "뭐가 있어?"고 하면 풀밭이 있다고 해야겠지만 실은 "끝이 안 나는 풀밭"이 펼쳐지고 있는 것이다. 눈을 감아보면 풀밭은 눈꺼풀 안쪽까지 따라왔다가 빛이 부족해지면 풀이 죽는다. 이 시에서 풍경은 시선을 장악하고 유기체처럼 명멸한다. 이처럼 풀의 이미지로 가득한 상태에서 "그만해" 같은 말은 그 많은 풀을 뜯어내야 가능한 말이다. 말로 풍경을 그려낼 수 있을까? 풍경은 언제나 말보다 넘쳐서 "뭐가 더 있을 것처럼" 보인다. 풍경을 좇아 부지런히 움직이는 시선을 가로막는, "뭐가 있어?", "그만해" 같은 말들은 이 시에서는 불협화음 같은 효과를 낸다. 풍경은 눈으로 다 담기 힘들고 말은 눈에 들어온 풍경조차 담아내지 못한다. 아이러니하게도 말의 불완전함을 드러내는 이 시에서 말은 기묘한 매력을 발산하고 있다. 시적인 수식어라고는 전혀 찾아볼 수 없는 건조한 일상어의 조합으로 지금까지 느껴보지 못한 새로운 이미지를 창출하고 있기 때문이다. 시는 말의 한계 안에서 풍경을 그리지만, 그것이 보이는 것과 똑같은 풍경은 아닐지라도 이처럼 새로운 시적 이미지를 구축해낸다. (c)

도서관 사용법

임지은

『늦지 않고 도착하는 법』이라는 책을 읽고 있습니다 나는 이 책의 대출 기한을 넘겼습니다 더 이상 새로운 하루를 빌릴 수 없어 담당자를 찾아갔습니다 문장은 내용을 대신할 수 있을지도 모릅니다 나는 솔직하게 말하는 법이 어렵습니다 귀퉁이가 잔뜩 접힌 일기장은 본래의 두께를 잃어버렸습니다

당신은 아직도 당신입니까? 사서가 뾰족한 안경테를 만지작거리며 마우스 휠을 움직입니다 나는 발끝에 슬리퍼를 건 채 천천히 곡선이 되는 법을 연구하고 있습니다 빈속을 채우러 자판기로 갑니다 차가운 음료는 며칠째 고장 중입니다 새가 실수로 떨어뜨린 그림자를 자전거 한 대가 가위처럼 자르며 지나갑니다

나는 글자들이 다 떨어진 페이지를 펼칩니다. "계단은 빈칸과 생각을 연결하는 법이다" 보이지 않는 문장을 어떻게 읽을 수 있었는지 알 수 없지만 나는 가장 깊은 생각을 찾아 계단을 내려갑니다 지하는 출구의 반대말이라든가 유리벽은 생각이 미끄러지기에 적당한 온도라든가 문을 열면 사라지고 문은 닫으면 나타나는 옥상이 나에게도 존재한다는 사실

글자들은 너무 가벼워 훔칠 수 없고 종이 위에서 나는 점점 작아집니다 빈칸 하나만 겨우 주머니에 넣고 열람실을 빠져나오는 길 돌아서는 곳마다 물음표가 나를 가로막습니다 왜 침묵할수록 입안은 더 간지

러워지는 법입니까? 타인의 문장은 어떤 식으로 만질 수 있는 것입니까? 문득 사서가 읽고 있던 책의 제목이 궁금해집니다

(『문학과사회』 2016년 봄호)

도서관에서 『늦지 않고 도착하는 법』이라는 책을 빌려 읽고 있던 '나'는 아이러니하게도 대출 기한을 넘긴다. 연체로 대출 정지가 되고 '나'는 더 이상 새로운 하루를 빌릴 수 없게 된다. 이 정도만 보아도 '나'가 전형적인 독서광이고 책 없이는 하루도 못 지내는 사람이라는 것을 짐작할 수 있다. 이런 유형의 사람들이 대부분 그렇듯 '나' 또한 문자에는 익숙하지만 솔직하게 말하는 법을 어려워한다. 사서가 "뾰족한" 안경테를 만지작거리며 냉소적으로 반응하는 것으로 보아 새로운 하루를 빌리는 일은 물 건너간 것 같다. '나'는 슬리퍼를 질질 끌며 자판기를 향해 가지만 그것도 고장 난 상태이다. 이런 상황에 슬쩍 병치되어 있는 "새가 실수로 떨어뜨린 그림자를 자전거 한 대가 가위처럼 자르며 지나갑니다"라는 문장은 '나'가 느끼는 날카롭고 차가운 세상을 들춰 보인다. '나'는 세상에서 떨어져 나와 글자들의 세계에서 산다. "보이지 않는 문장"과 "가장 깊은 생각"을 찾아 자꾸만 계단을 내려간다. 지하로 내려갈수록 출구에서 멀어지고, '나'의 옥상은 문을 열면 사라지고 문을 닫으면 나타난다. 글자들의 세계와 현실 사이에는 넘어서기 힘든 간극이 있다. "글자들은 너무 가벼워 훔칠 수 없고 종이 위에서 나는 점점 작아"진다. '나'는 글자들의 세계에도 들어가지 못하고 세상에서도 빗겨나 있다. 그 많은 글자들 중에 '빈칸' 하나만 겨우 추려서 열람실을 빠져나온 '나'의 앞에, "왜 침묵할수록 입안은 더 간지러워지는 법입니까? 타인의 문장은 어떤 식으로 만나질 수 있는 것입니까?"라는 새로운 의문이 나타난다. 타인과 단절된 문자의 세계에서 아무것도 얻지 못한 '나'는 어떻게 소통을 시작할 것인가를 묻기 시작한다. 도서관에서 우리가 만나야 할 것은 무수한 문자 그 자체가 아니라 타인의 문장과 삶이 아닐까. ⓒ

돌멩이

장만호

어린 날 학교까지 따라오는 강아지를 돌려보내던 마음이다
집으로 돌아가지 못할까, 뒤돌아보던 걱정이다.
아버지와 형이, 집안의 남자들이 차례로 죽어나갈 때
하릴없이 던져보던 혼자만의 물수제비다. 날듯 날듯 다시 빠져드는 죄의식이다. 이것은,

무심코 던져졌다
종일 길가에 앉아 먼지를 쓰고 있는 기다림
한밤중의 창문을 뚫고 들어온 적의, 부서져 내리는 어둠
젊은 시절, 내가 겨누던
연애, 혹은 시의 이마

그러나 언제부터 너는
돌아오지 않는 바닷가의 아이들
건져지지 않는 슬픔을 향해 날아가는 안부
모진 세월을 향해 부딪쳐가는 불꽃이다

(『작가세계』 2016년 여름호)

그러고 보니 '돌멩이'는 어느새 주변에서 쉽게 볼 수 없는 물건이 되었다. 아직 포장도로가 많지 않던 시절 돌멩이는 가장 쉽게 얻을 수 있는 놀이기구이기도 하고 격한 감정을 표출하는 수단이기도 했다. 이 시의 화자에게 돌멩이는 말보다 더 절실하게 마음을 드러내는 방식이었던 것 같다. 학교까지 따라오려는 강아지를 억지로 돌려보낼 때, 가족들이 죽어나가는 참담한 상황일 때, 그것은 어느새 마음 대신 날아가는 더 깊은 마음이었다. 좀 더 나중의 젊은 시절에도 돌멩이는 잘 풀리지 않는 시나, 연애로 답답한 마음을 대신하는 소리였다. 그리고 이제 돌멩이는, 쉽게 찾아지지도 않는 돌멩이는 개인적 고민을 넘어서는 집단적 슬픔이나 모진 세월에 대한 항변을 대신하는 투사가 되어 있다. 말로 다할 수 없는 슬픔과 말이 통하지 않는 상황에 대한 안쓰러운 항변을 담아 그것은 날아간다. (c)

눈은 없고 눈썹만 까만

전동균

쩌억 입 벌린 악어들이 튀어나오고 있어 물병의 물들이 피로 변하고 접시들은 춤추고 까악 깍 울고 표범들이 담을 뚫고 달려오고 있어

뭐 이런 일이 한두 번이냐,
봄밤은 건들건들
슬리퍼를 끌고 지나가는데

덜그럭 덜그럭
텅 빈 운동장 트랙을 돌고 있는 유골들
통곡도 뉘우침도 없이
작년 그 자리에 피어나는
백치 같은 꽃들

누가
약에 취해 잠든 내 얼굴에 먹자(墨字)를 새기고 있어
도둑놈, 개새끼, 사기꾼
인둣불을 지지고 있어

눈은 없고 눈썹만 까만 것이
생글생글 웃는 것이

(『창작과비평』 2016년 여름호)

만물이 들썩거리는 봄밤의 풍경이 역동하는 시이다. 이 시에서는 모두가 한자리에 있지 못하고 마구 돌변한다. 악어와 표범들이 튀어나오고 물병의 물이 피로 변하고 접시들은 들썩인다. 모두가 흥분제를 먹은 듯 솟구치고 흔들린다. 봄밤에게 이런 것은 낯선 풍경이 아니다. 한두 번 보는 꼴이 아니라는 듯 건들거리며 슬리퍼를 끌고 지나간다. 심지어 유골들조차 깨어나 덜그덕거리며 텅 빈 운동장의 트랙을 돌고 꽃들은 아무 생각 없이 잔뜩 피어난다. 약에 취해 몽롱한 '나'의 얼굴에도 누군가 잔뜩 먹자를 새기고 있다. 눈은 없고 눈썹만 까만 이상한 것이 정신없이 취하게 하고 모두를 흔들어놓는다. 이 시에서는 봄밤의 풍경을 카니발처럼 떠들썩하고 기이한 느낌으로 그려내고 있다. 모든 것이 한바탕 뒤집어지는 이런 대역동의 에너지가 없다면 어떻게 새 생명이 움트고 새로운 시작을 이룰 수 있겠는가. 은둔과 동요, 물과 피, 죽음과 삶이 맞붙어 일어나는 봄밤의 기운 생동하는 느낌이 강렬하다. (c)

섬망

전영관

병실에서 법고가 운다
북채의 타격음이 아니라 채를 길게 문지르는 소리
평생 독경으로 무두질했을 견고한 소리
젊은 학승의 굵은 팔뚝이 아니라 간병인이 물수건으로 닦을 때
아프다고 터져 나오는 소리

절에서 왔다는 혜운 스님이 운다
병들지 않았다면 음성도 우렁우렁할 스님
차가움과 뜨거움을 통증으로 착각하는 내 왼손처럼
물수건 닿는 자리마다 낯선 감각일 테지
거죽을 벗기는 듯 쓰라리고 화끈거리겠지
울음소리가 새벽의 바닥을 기어간다
통증은 언어 바깥의 것이다 옆방에선 알아듣지 못할 대화를
간병인과 나눈다 통증에 막다른 골목으로 몰리면
엄마……
엄마……
불경 필사를 했어도 절반은 마쳤을 법력 팔순 노승께서
아미타불 대신에 엄마, 엄마를 부른다
부처는 넓고 크고 엄마는 깊고 질기다고 되뇌며
젖은 베개를 베고 돌아누워
옆방인데도 아득한 소리를 따라 부른다

동녘이 하루라는 검은 거죽을 벗기느라 벌겋다
법고는 간병을 시작하는 여섯 시에 운다

(『시와경계』 2016년 여름호)

사람은 나고 늙고 병들고 죽는 고통을 회피할 수 없다. 지식과 정보를 갖추고 운동으로 건강을 유지하고 종교를 믿어도 그 정도의 차이는 있지만 어느 누구도 생로병사의 운명을 벗어날 수 없는 것이다. 불교의 근본 원리인 고집멸도의 사제(四諦)에서 고통의 원인으로 집착을 들고 있지만 전적인 것은 아니다. "절에서 왔다는 혜운 스님이" 고통스러워하는 모습이 그 예이다. 그는 "병들지 않았다면 음성도 우렁우렁할 스님"이지만 "통증에 막다른 골목으로 몰"려 "엄마....../엄마......" 하고 운다. "불경 필사를 했어도 절반은 마쳤을 법력 팔순 노승께서/아미타불 대신에 엄마, 엄마를 부"르는 것이다. 이 모습에서 병으로 인한 육신의 아픔이 얼마나 고통스러운지, "부처는 넓고 크고 엄마는 깊고 질기다고 되뇌며/젖은 베개를 베고 돌아"눕는 데서 그 아픔이 얼마나 본질적인 것인지 절감한다.

작품의 제목인 "섬망"(譫妄)은 "의식장애와 내적인 흥분의 표현으로 볼 수 있는 운동성 흥분을 나타내는 병적 정신 상태. 급성 외인성(外因性) 반응 증세로서 나타난다. 동시에 사고장애(思考障碍), 양해나 예측의 장애, 환각이나 착각, 부동하는 망상적인 착상이 있고, 때로는 심한 불안 등을 수반한다."• 일종의 정신 장애인 "섬망"에서도 확인되듯이 인간의 생애에는 고통이 따를 수밖에 없다. (d)

• http://100.daum.net/encyclopedia/view/43XXXXX00363

노근(老斤)리는 녹은(綠隱)리

정선희

동그라미와 세모가 있어 심심하지 않아 가끔씩 나비 한 마리 날아와 외롭지 않아 겹겹이 덧칠한 자국들이 있어 춥지 않아 자주 기차가 화면을 지우는 바람에 악몽에 시달리지 않아 동그라미 속 자국들을 손끝으로 어루만지자 코끝으로 전해지는 화약 냄새, 세모에 눈을 맞추자 눈동자로 전해지는 풍경, 동그라미와 세모에 입김을 불어넣자, 빗방울이 떨어진다 빗방울은 핏빛이 되고 찰칵, 사진을 찍는데 후두둑 무릎이 꺾인다 두 팔을 벌리자 내 손바닥으로 옮겨 앉는 자국들, 동그라미가 아프고 세모가 아프다 노근리에 더 이상 녹은리는 없고 비명 소리 대신 기적 소리만 요란하다

(『시에』 2016년 겨울호)

6·25전쟁 중에 미군의 오인 사격으로 많은 양민이 억울하게 죽어간 '노근리'의 비극을 섬세한 묘사로 보여준다. 벽면에 남아 있는 탄흔을 표시하느라 그려놓은 "동그라미와 세모"에 그날 억울하게 죽어가 혼령이 "나비 한 마리"가 되어 날아온다. 화자는 그 표시를 만지며 화약 냄새가 진동하던 그날의 악몽을 떠올리다 핏방울을 흘리던 그들을 생각하며 무릎을 꿇어본다. 그리고 두 팔을 벌려 희생자들을 마음에 품고 위로해보기도 한다. 시인은 "노근리"를 "녹은리", 즉 생명과 평화의 빛깔이 숨어 있는 마을이라고 명명해본다, 그러나 굴다리 위로 지나는 기차가 요란하게 기적을 울리며 그날의 비명 소리를 대신 들려주는 것이다. 시인은 그날의 비극이 다시 되풀이되지 않고 평화가 깃들기를 바라는 안타까운 심정을 그렇게 보여주고 있다. (a)

자본의 시간

정세훈

깊이 잠들어 있어야 이상하지 않을 깊은 밤

이마에 손을 얹고 억지 잠을 청한다
누군가가 평안해졌으면 바라는
이 무덤 같은 상황이 무섭고 참담하다
자본이 노동을 구속하고
불법이 합법을 구속하는
자본의 시간
공장에 있어야 할 팍팍한 기름밥들
거리에서 광장에서 고공에서
상처받고 쇠잔해지고 목숨 끊어
노동의 눈꺼풀은
이제 스스로 뜨고 감을 힘마저 잃었다
눈은 떠 있으나
앞길을 전혀 내다볼 수 없는 시간
누군가가 이 한밤만이라도 평안해지길 바라는
절망이라 말하는 것조차 사치스러운

적막한 시간

(『아라문학』 2016년 가을호)

작품의 화자는 잠자는 시간조차 자신의 시간이 아니라 "자본의 시간"이라고 인식한다. "깊이 잠들어 있어야 이상하지 않을 깊은 밤"인데도 마음 놓고 잠을 이루지 못하고 있는 것이다. "이마에 손을 얹고 억지 잠을 청"해도 제대로 되지 않는다. 그리하여 "이 무덤 같은 상황이 무섭고 참담하다"고 토로한다.

화자가 이와 같은 마음을 갖고 있는 것은 "자본이 노동을 구속하고/불법이 합법을 구속하는" 일이 당연시되고 있기 때문이다. "공장에 있어야 할 팍팍한 기름밥들"이 "거리에서 광장에서 고공에서/상처받고 쇠잔해지고 목숨 끊어/노동의 눈꺼풀은/이제 스스로 뜨고 감을 힘마저 잃"고 있다. 자본주의가 탐욕의 얼굴을 그만두지 않는 한 더욱 심화되어 불평등한 결과는 적자생존의 원리로 합리화될 것이다. 그렇다고 "눈은 떠 있으나/앞길을 전혀 내다볼 수 없는 시간"이 펼쳐지고, "누군가가 이 한밤만이라도 평안해지길 바라는/절망이라 말하는 것조차 사치스러운" 이 자본주의 체제가 갑자기 붕괴하지 않을 것이다. 대체할 체제도 보이지 않는다. 화자의 "적막한 시간"은 무겁기만 하다. (d)

양말 한 짝

정원도

텅 빈 길모퉁이에 누워 계셨다
버려진 양말 한 짝으로 나뭇잎 사이에 포개진 채
간밤에 무슨 억울한 콧물이라도 훔쳤는지
얼룩진 몰골 위로 엉거주춤 바람이 지나가고

만취한 사내가
서녘 하현달 등에 지고 비틀대며 귀가하다가
담장이 옷장인 줄 알고 윗옷 걸쳐두고
양말까지 고이 벗어 머리맡에 모셔두고

혼잣말로 시부렁대며
은하수 건너는 꿈 헤매던 것인데

오한 드는 이슬에 혼비백산 달아나며 남긴
흔적이었다
폭염에 말라붙은 지렁이 빈 몸처럼
해독 불가의 상형문자를 허공으로 타전했다

(『시인』 2016년 가을호)

우연히 길에 떨어진 "양말 한 짝"을 발견한 작품의 화자는 한 가장의 지난밤을 떠올린다. 그는 만취한 상태로 "서녘 하현달 등에 지고 비틀대며 귀가하다가/담장이 옷장인 줄 알고 윗옷 걸쳐두고/양말까지 고이 벗어 머리맡에 모셔두고" 잠들었다. "혼잣말로 시부렁대며/은하수 건너는 꿈 헤매"기도 했다. 그러다가 "오한 드는 이슬에" 깨어나 보니 자신의 집이 아니라 길바닥이라는 사실을 깨닫고 "혼비백산 달아"난 것이다. 그 바람에 "양말 한 짝"을 빠트리고 말았다.

화자의 이와 같은 상상력이 사실이라면 "만취한 사내"는 두 번이나 귀가한 셈이다. 한 번은 길가로, 다른 한 번은 자신의 집으로 돌아간 것이다. "사내"가 그렇게도 집에 들어가고자 한 것은 가장으로서의 책임감 때문이었다. 아무리 취했더라도 집 안에 들어가 식구들을 지켜야 한다고 생각했던 것이다. (d)

빗방울은 개별적이군

정철훈

장대비 오시는 날 우산 받쳐 들고
산장 막걸리 집으로 행차
어라, 장대비는 즉흥광시곡이군
흔히 비가 미친 듯 쏟아진다고들 말하지만
비는 미친 게 아니지

비는 먹구름이 내려오는 사다리
빗방울 하나하나가 이렇게도 개별적이군
빗소리가 육자배기로군
그런데 주인장은 왜 두부를 누르다 말고
다른 천막으로 건너간다지

빗줄기에 휴대전화 목소리는 들릴락 말락
주인장의 입 모양을 보니 틀림없이 즐겁군
숨겨둔 애인과 통화라도 하는지
아내는 아는지 모르는지 배추를 다듬는군
휴대전화와 배추는 부부라는 이름에 새겨진 불가피한 상처

이게 다 각본 없는 즉흥극
살아 있는 것들의 살아 있음
연출자는 장대비 혹은
이해되기 전에 존재하는 것들

이럴 때 구름이 전수한 것은 하강의 기술
아궁이 가마솥은 훈김을 뿜으며
구름의 음악을 만들고
하나의 구름에서 이 많은 개별적 빗방울이라니
장대비는 오늘의 상투성을 전복하는 구원투수로군

(『공정한시인의사회』 2016년 1월호)

어조와 화법이 특별히 재미있는 시이다. 시인 자신이 의도적으로 어조와 화법의 재미를 고려하고 있는 시라는 것이다. 이때의 재미는 명사형 어미나 –지, –군, –지 등의 종결어미를 통해 실현된다. 우선 첫 문장은 "장대비 오시는 날 우산 받쳐 들고/산장 막걸리 집으로 행차"라고 하는 명사형 어미로 마무리된다. 따라서 이 시는 "장대비 오시는 날" 북한산 산장 막걸리 집으로 행차했던 시인의 경험을 노래하고 있다고 해야 옳다. 시인은 먼저 장대비에 대한 상념을 진술한다. "장대비는 즉흥광시곡이"라고, "비는 미친 게 아니지"라고 노래하는 것 등이 그 예이다. 장대비에 대한 시인의 상념은 "먹구름이 내려오는 사다리/빗방울 하나하나가 이렇게도 개별적이군/빗소리가 육자배기로군" 등으로 이어진다. 이들 장대비에 대한 상념은 이내 막걸리 집 주인장에 대한 상념으로 전이된다. "주인장은 왜 두부를 누르다 말고/다른 천막으로 건너간다지" 등이 그 예이다. 이어지는 구절의 "빗줄기에 휴대전화 목소리는 들릴락 말락/주인장의 입 모양을 보니 틀림없이 즐겁군/숨겨둔 애인과 통화라도 하는지/아내는 아는지 모르는지 배추를 다듬는군" 등도 마찬가지이다. 시인은 이들 현상을 두고 장대비가 연출하는 "다 각본 없는 즉흥극"이라고 명명한다. 그가 보기에 "장대비는 오늘의 상투성을 전복하는 구원투수"인 것이다. 말하자면 이 시는 "장대비 오시는 날" 혼자 행차한 북한산 산장 막걸리 집에서 시인이 느끼는 이런저런 상념을 노래하고 있는 것이다. ⒝

스프린터

조계숙

붉은 신호등 앞에 서 있었네. 표면장력 때문이었을까. 비 갠 뒤 맑은 물거울 속에 비친 내 몸이 그토록 둥그렇게 말려 있던 이유가. 실루엣은 스프린터의 포즈 같았네. 두 손은 땅에 공손히 놓여 있어 지구의 중심핵에 거주하는 뜨거운 신에게 기도하는 듯했고, 두 다리는 적자생존을 계명으로 삼던 원시 짐승의 빛나는 근육을 탐하고 있었네.

활시위를 떠난 화살은 과녁에 영원히 닿지 못한다든가, 아킬레우스는 거북의 발걸음을 영원히 추월하지 못한다는 '제논의 역설'이 뫼비우스의 띠를 따라 미끄러져 수천 년을 횡단해온 지금. 단거리 승부사인 스프린터는 과연 결승점을 뛰어넘어 무한의 시간과 거리를 밀쳐낼 수 있을까?

푸른 신호등이 레인의 경계를 밝히네. 오래된 역설을 누르고 논리의 허구를 뚫고 오늘의 스프린터가 일어서네. 그가 분출하는 속도가, 아니 나의 전력 질주가, 예의바름으로 가장한 권력이 쌓아놓은 가짜 세상의 옹벽을 파쇄하네. 퇴적해온 습관의 지층을 한 겹 한 겹 도처에 흩뿌리는, 빛나는 스타트!

(『문예연구』 2016년 9월호)

작품의 화자는 "붉은 신호등 앞에 서 있"는 자신을 마치 육상이나 수영 등의 단거리 경기에 출전하는 "스프린터"로 비유하고 있다. "두 손은 땅에 공손히 놓여 있어 지구의 중심핵에 거주하는 뜨거운 신에게 기도하는 듯하고, 두 다리는 적자생존을 계명으로 삼던 원시 짐승의 빛나는 근육을 탐하고 있"는 듯한 모습으로 본 것이다.

화자는 인간의 역사가 "아킬레우스는 거북의 발걸음을 영원히 추월하지 못한다는 '제논의 역설'이 뫼비우스의 띠를 따라 미끄러져 수천 년을 횡단해"왔다고 진단하고 있다. 그리하여 화자는 "오래된 역설을 누르고 논리의 허구를 뚫"으려고 한다. "예의바름으로 가장한 권력이 쌓아놓은 가짜 세상의 옹벽을 파쇄하"려는 것이다. 마침내 "푸른 신호등이 레인의 경계를 밝히"자 화자는 달려나간다. "과연 결승점을 뛰어넘어 무한의 시간과 거리를 밀쳐낼 수 있을까?" 하는 망설임이 들기도 하지만 멈추지 않는다. 자신을 역사적 운명에 던진 것이다. (d)

이 봄날
— 시(詩)는 신(神)이다

조명제

새끼손가락만 한 산새마저
목청 잔뜩 커져 카랑해진 날,
시는 어디에 있는가라고
시를 묻는 이에게 대답하다.
그령 씨앗, 밀싹, 개미허리, 곤쟁이 발톱 등
시는 도처에 있으나 어디에도 없다고.
그럼 시는 무엇을 쓰는 것인가라고
다시 물어 와, 조물주의 눈곱 같은,
시는 눈에 보이지 않는 세계를
쓰는 것이다, 라고
대답하다. 그래도
시(詩)보다 위대한 것이
신(神)이 아니겠느냐고
또다시 묻기에, 대답하다.
시는 시고, 신은 신이다.
그러니 시는 신이지 않느냐!
하긴 다 부질없는 것이다. 시도 신도.
다행히 부질없는 것이어서
죽지 않는다. 그리움처럼
구부러진 터널을 지나면,
철길 양편으로 환하게 꽃 피운
어린, 아니 눈물 어린
매화 밭이더라

(『시현장』 2016년 제9호)

"새끼손가락만 한 산새마저" 제 목청을 키워 노래하는 날 시인은 시에 대하여 묻는 물음에 답을 한다. 시는 "그령 씨앗" 등과 같은 작은 사물에도 있으나 "어디에도 없다"고 역설적인 대답을 한다. 시가 가시적인 현실보다 상상력을 발휘하여 "눈에 보이지 않는 세계를 쓰는 것"이기 때문이다. 그리고 "시는 시고, 신은 신"이지만 모두 새로운 세계를 창조한다는 공통점이 있는데 현실적인 눈으로 보면 가치가 없는, "부질없는 것"이다. 그래서 오히려 늘 현실보다 더 높은 세계를 꿈꾸는 인간에게 그리움을 불러일으키며 "죽지 않"고 존재할 것이다. 그러한 시는 "구부러진 터널"과 같은 어두운 현실을 초월한 후에 만나는, "환하게 꽃 피운" 채 감동의 눈물을 어리게 하는 "매화 밭"과 같은 것이다. (a)

민들레 착륙기

조미희

한 줄기 폭발음 뒤에 소리가 사라지고
정적 속으로 홀씨가 발사했다

민들레는 바람보다 빠르게 날아올라
혜성과 같은 속도로 돌았다
봄가을이 같은 속력으로 돌아주었다

솟아오름에는
바람의 관심이 폭풍의 이름으로 관여했다
시속 6만 6천 킬로미터로 바깥을 달리고 안에서는 고요했다

계절을 건너고 너무도 가벼운 근원을 건너
빛을 발자국을 따라잡는 고단한 일상이었지만
연착륙은 없다
절정의 고요와 고요의 틈 사이
꽃 안의 하루는 꽃 밖의 십 년이다
하루와 십 년의 시차 속에 겨울의 별자리들이 탄생하고
덩그러니 우주의 비밀이 생겼다

착륙 순간 튕겨 오를 수 있는 홀씨 속에는
마음씨 좋은 지표면의 중력이 들어 있다

빛의 속도로 도착한 홀씨를 착륙시킨다
닿는 순간 볼트를 박는 뿌리들, 입사(入仕)
우주까지 와서 취업을 했다
수습 기간도 없이 태양을 따라잡는 일을 시작한다
부서를 탐색하고 상사의 성향을 파악하며 뿌리내릴 궁리를 한다
아직은 빛보다 그늘에서 서성이지만
행성은 돌고 도는 것

채광창을 펼치고 암석 지대에서 노란 신호를 보낸다
민들레, 행성에서 유일한 구조물이 되었다

(『열린시학』 2016년 가을호)

“민들레”의 열매는 바람이 불면 번식을 위해 날아가는데 작품의 화자는 그 모습을 “한 줄기 폭발음 뒤에 소리가 사라지고/정적 속으로 홀씨가 발사했다”고 인식한다. 또한 “민들레는 바람보다 빠르게 날아올라/혜성과 같은 속도로 돌”게 된다고, 그리하여 “민들레”의 “솟아오름에는/바람의 관심이 폭풍의 이름으로 관여”했다고 상상한다. 실제로 “민들레”는 그와 같은 과정을 거쳐 착륙한다.

“빛의 속도로 도착한” “민들레”는 지표면에 “닿는 순간 볼트를 박는 뿌리들”의 모습을 띤다. 마치 “우주까지 와서 취업을” 하는 상황과 같은 것이다. 그리하여 “수습 기간도 없이 태양을 따라잡는 일을 시작한다/부서를 탐색하고 상사의 성향을 파악하며 뿌리내릴 궁리를” 하는 것이다. “민들레”는 생명력이 강해 척박한 땅에서도 뿌리를 내리고 꽃을 피우고 또 다른 “민들레”를 만들어 낸다. (d)

운구

조용미

우리는 운구차를 타고 있다
운구차를 타고 간다
오래 갔다
운구차는 어딘가로 계속 가고 있다
검은 리본은 겸손하다

셀 수 없는 거리와 집들이 멀리 줄지어 지나갔다
우리는 운구차 안에 있다
창밖은 어둑해지고 우리의 얼굴은
검은 유리창 위로 여럿이다
우리는 아무 말이 없다

내가 듣는 것, 느끼는 것, 숨 쉬는 것, 만지는 것이
모두 다 느리다

정지화면을 이어놓았다
운구차는 같은 시간을 달린다
운구차는 낡았다
이제 아무것도 캄캄한 창으로 떠오르지 않고
운구차는 봄바람처럼 덜컹덜컹, 또렷하고
느리고 느리다

나 혼자다.

(『포지션』 2016년 봄호)

삶과 죽음은 서로 다르지 않아서 이승에 산다는 것은 "운구차를 타고" 죽음의 세계로 계속 가는 것이나 다름이 없다. 죽음을 알리는 "검은 리본은 겸손"해서 누구에게나 주어지는 것이다. 죽음을 향해 가는 운구차 창밖으로 "거리와 집들이 멀리 줄지어 지나"가고 마침내 이승에 머물 시간이 끝나 "어둑해지"지만 인간은 "아무 말이 없"이 죽음을 받아들여야 한다. 그 인간들이 살아있는 동안 오감으로 느끼는 모든 존재자들이 얼마나 소중한지를 느리게 깨달을 것이다. 그러나 "운구차는 같은 시간을 달"리는 것 같지만 이승에 살던 모든 이들을 늘 저승으로 실어 나르느라 "낡았다". 그래서 시인은 이승의 길이 다하면 "아무것도 캄캄한 창으로 떠오르지 않고" 죽음의 어둠만 기다릴 것이라고 경고한다. 유한한 이승에 사는 인간은 모두 "봄바람처럼 덜컹덜컹" 달리는 운구차를 타고 홀로 가야 한다는 건 "또렷하고" 어김없는 사실이다. (a)

뷔페의 뒤편

조원

처음엔 둥근 접시가 달처럼 생겨 달을 씻는 기분이었다
달, 달 무슨 달, 쟁반같이 둥근 달
신나게 노래도 불렀다

탑처럼 쌓인 커피잔이 우물 같아서
왕자님, 왕자님 어디 계세요?
멋진 남자가 불쑥 튀어나와 두 손을 잡아줄 거라 믿고
환히 보이는 바닥을 뱅글뱅글 닦았다

달인이나 되는 것처럼
포크와 나이프와 스푼과 젓가락을 한 바구니 담아
그것들을 분류하여 빛을 냈다

세상의 달이 이렇게 넓었던가
세상의 우물이 이렇게 깊었던가
세상의 입술이 이렇게 많았던가

달을 죽도록 닦아 달인이 되면 우물에서 왕자가 불쑥 튀어나오고
피자와 연어와 스테이크와 보랏빛 와인을 음미하며 살 줄 알았는데

우리를 지배하는 저 위대하신 지배인은
하늘에다 달을 생산하는 기계만 박아놓았는지
수천 장의 달을 받아낸 달인에게

은수저 한 쌍 내주지 않았다

점심 특선, 저녁 특선, 특선의 전략으로
행사 후 버려질 그것들을 눈부시게 전시하였다

달에는 지구 반대편은 보이지 않고
달에는 독식하는 별들로 두 눈이 번뜩이고
달에는 미지의 것을 탐하는 탐험가로 넘쳐나고
달에는 빛나는 정신도 완고한 신념도 없고

도대체 이곳은 어디인가
날마다 요리되어 나오는 것은 무엇인가
먹어도 줄지 않는 포화의 날
죽여도 다시 태어나는 지독한 달

그만 버려야겠다. 금속성 수저를 문지르던 행주로
더는 보석 같은 상상을 하지 말아야겠다
왕자가 침몰한 우주를 덮으며
달의 노예가 되지 않기로 마음먹었다

미끄덩한 손에서
달이 굴러 떨어졌다

(『시와사상』 2016년 여름호)

1958년 국립의료원 구내식당에서 처음 선보였고, 업계에서는 1978년 세종호텔 '은하수'에서 처음 시작한 것으로 알려진 "뷔페"는 어느덧 일반화되었다. 여러 가지 음식을 차려놓고 손님들이 골라 먹는 방식이므로 업계는 치열하게 경쟁할 수밖에 없다. "점심 특선, 저녁 특선, 특선 전략"으로 손님 유치에 나서고 있는 것이 그 모습이다. 그렇지만 "행사 후 버려질 그것들을 눈부시게 전시"할 정도로 낭비가 심하고, 음식을 만들고 준비하고 빈 그릇을 세척하는 과정에는 손들이 필요하다. 경영주는 이윤을 우선적으로 추구하기 때문에 종업원들의 노동력을 최대한 요구하는 것이다.

작품의 화자가 "처음엔 둥근 접시가 달처럼 생겨 달을 씻는 기분이"어서 "달, 달 무슨 달, 쟁반같이 둥근 달/신나게 노래도 불렀"고, "탑처럼 쌓인 커피잔이 우물 같아서/왕자님, 왕자님 어디 계세요?" 하며 "멋진 남자가 불쑥 튀어나와 두 손을 잡아 줄 거라 믿고/환히 보이는 바닥을 뱅글뱅글 닦"기도 했다. 또한 "달인이나 되는 것처럼/포크와 나이프와 스푼과 젓가락을 한 바구니 담아/그것들을 분류하여 빛을" 내기도 했다. 그렇지만 "달을 죽도록 닦아 달인이 되면 우물에서 왕자가 불쑥 튀어나오고/피자와 연어와 스테이크와 보랏빛 와인을 음미하며 살 줄 알았는데" 실제는 그렇지 않았다. "우리를 지배하는 저 위대하신 지배인은/하늘에다 달을 생산하는 기계만 박아놓았는지/수천 장의 달을 받아낸 달인에게/은수저 한 쌍 내주지 않"았던 것이다. 그리하여 화자는 "도대체 이곳은 어디인가"라고 묻는다. 화려한 "뷔페의 뒤편"에는 착취당하는 노동자들이 있는 것이다. (d)

흙을 쥐고 걸었다

조정인

손바닥 가득 망자의 젖은 눈꺼풀을 쓸던 기억을 가진 자 흉골 아래는
붉은 묘혈이 있다 눈 닿는 풍경 어디서라도 울음이 새어난다

흙덩이에 삽날이 닿아 스적이는 소릴 들었다 등이 시리고 아팠다
당신인 듯 낯선 망자가 맞는 첫새벽이 멀리서 뒤척였다

죽은 자를 불러내기 좋은 십일월, 흐린 일기
모든 날의 후렴구 같은

함부로 헤쳐진 검은 흙구덩이를 지나갔다 와해된 괄약근 같은 둔덕
에서
성에 낀 흙덩이를 집었다 쥐고 가는 동안 물기가 돌고 따듯해졌다
피붙이만 같아 주먹에 힘이 갔다 흙의 숨이 돌아오고 있었다

흙이 부푼다, 깃털처럼 부푼다, 한 줌 흙이 이렇게 떠들썩하다니
흙의 심박 아득히 꽃들이 몰려오고 나비 떼 몰려온다

벚나무 밑동에 흙을 놓아주었다 물고기처럼 미끄럽게 새처럼 파닥
이며
손을 떠나는

흙, 신경망이 번어간다

봄에 하나이며 여럿인 신들은 맨발로 신전을 떠나는데

햇빛 촘촘한 날엔 나무에 잠든 어린 신을 깨워 노래하게 하렴
노래의 음절마다 꽃눈을 틔우고 새를 부르렴 새들은 갸웃갸웃
질문의 각도로 꽃가지에 내려앉지

흙의 천 년 바깥에는 두고 온 연애, 수척한 당신이 자리를 털고 일어나
뿌연 구리거울에 얼굴을 비추는 흐릿한 아침

단지 주먹 속에서 이루어진 수 세기 시간의 가역(可逆)

그슬린 보리 이삭을 비벼 입에 털고 칡뿌리를 씹으며 부랑하던 시절
시구문 밖 뒹구는 처자를 바로 뉘고 눈꺼풀을 쓸고 술을 뿌리고
윗옷을 벗어 덮어주고 떠나온,

연민하는 도구로 손이 있던 곳

(『시로여는세상』 2016년 겨울호)

흙의 상상력이 이토록 예리하고 풍부하다니. 이 시에서 흙은 "수 세기 시간의 가역(可逆)"을 일으키며 망자의 몸짓을 고스란히 되살리고 생명을 향해 신경망을 뻗는다. 구절구절 섬세하기 그지없는 감각이 빛난다. 흙덩이에 삽날이 닿아 스적이는 소리에서 등이 시리고 아픈 느낌을 받을 정도로 이 시의 화자는 감각적으로 충전되어 있다. "죽은 자를 불러내기 좋은 십일월"이라니, 이 얼마나 탁견인가. 마른 나뭇잎마저 떨어져 내리고 모든 생명이 움츠러드는 이 척박한 계절, "모든 날의 후렴구 같은 날", 화자는 검은 흙구덩이의 차갑게 식은 흙을 한 줌 쥐고 걸어본다. 움켜쥔 주먹의 온기가 전해져 흙은 물기가 돌고 따듯해진다. 마치 피가 돌고 숨을 쉬듯 흙의 느낌은 전혀 달라진다. "흙의 숨"을 느끼면서 생명을 향한 상상력은 폭발적으로 증식한다. 숨결이 도는 흙은 꽃과 나무를 깨우고 나비와 새를 불러들인다. 이 상상력은 더욱 뻗어나가 움켜쥔 흙과 한 몸이 되었을 망자에게 가닿는다. 그 역시 오래전 언젠가 시구문 밖에서 나뒹구는 시신을 수습해주었을 것이다. "연민하는 도구로 손이 있던 곳"에 그의 손길이 있고, 수 세기 후 화자의 손길은 다시 그의 흔적을 움켜쥐고 온기를 불러본다. 생명에 대한 연민과 비애가 저릿하게 전달되는 시이다. (c)

꽃이 모두에게 꽃이 아니구나

차옥혜

벚꽃들이 내민 수만 손을 잡고
벚꽃들의 눈빛에 끌려
벚꽃 세상을 떠돌며
살고 싶어 살고 싶어 살아
해마다 벚꽃과 바람나고 싶어
내가 노래하고 있는 순간
친구여
벚꽃 아래에
스스로 목숨을 내려놓은 친구여
만발한 벚꽃이 네겐 고통스런
눈물이었느냐 종기였느냐
등을 짓누르는 멍에가
벚꽃 파도로도 떠밀려가지 않더냐
곧 꽃비로 사라질 벚꽃의 허무를
차마 볼 수 없었느냐
정말은 벚꽃의 손을 잡고 싶었는데
누가 무엇이 너를 가로막았느냐
벚꽃이 눈부신 이 봄날에
벚꽃을 등지고
어디를 가고 있느냐
친구여

(『문학예술』 2016년 여름호)

작품의 화자는 "벚꽃"과 어울리다가 "벚꽃 아래에/스스로 목숨을 내려놓은 친구"를 떠올린다. 그만큼 친구의 "자살"에 충격 받은 것이다. 그리하여 화자는 "벚꽃들이 내민 수만 손을 잡고/벚꽃들의 눈빛에 끌려/벚꽃 세상을 떠돌며/살고 싶어 살고 싶어 살아/해마다 벚꽃과 바람나고 싶어"라고 노래하다가 멈춘다. 그 대신 "벚꽃이 눈부신 이 봄날에/벚꽃을 등지고/어디를 가고 있느냐/친구여" 하며 슬퍼하는 것이다.

자살은 자신의 삶을 스스로 마감하는 극단적인 행위로 사회적으로 금지되어 있다. 그렇지만 질병이나 가난, 소외, 실업, 소외, 전망 부재 등을 해결해보려는 행동으로 간주하고 당사자를 비난만 하기보다는 이해할 필요가 있다. 좀 더 관심과 애정을 가지고 자살 방지를 위한 제도적인 장치를 마련해야 하는 것이다. 주지하다시피 경제협력개발기구(OECD) 국가 중에서 우리나라가 자살률이 가장 높다. 자살률을 낮추기 위해서는 "만발한 벚꽃이 네겐 고통스런/눈물이었느냐 종기였느냐" 하듯이 자살을 안타까워하는 사람들의 마음이 더욱 확산되어야 할 것이다. (d)

그 말을 들었다

천양희

나룻배를 타고 가다 뒤집히는 꿈을 꾸었다
갑상선에 이상이 있다는 의사의 말을 들었다
기능이 결핍된 상태라 한다
결핍에 더듬이를 댄 것이다
나는 그 말이 가난하지만
가련하지는 않다는 말로 들렸다

몇 해 전
무릎에 갑자기 나타난 퇴행성보다는
덜 적막했다

퇴행성이 어느 별자리인가
갑상선이 뒤 집 나룻배인가

나는
어안이 벙벙했다

(『시에티카』 2016년 상반기호)

타고 가던 배가 뒤집히는 악몽을 꾸더니 갑상선에 이상이 있다는 의사의 말을 들었다. 무엇인가 "결핍된 상태"라는 부정적인 소견일 테지만 화자는 그 말을 "가난하지만 가련하지 않다"는 긍정적인 진단으로 여긴다. 즉 부족하지만 불쌍하다는 취급을 받을 필요가 없는, "무릎의 퇴행성보다는 덜 적막"한 것이라 생각한다. "퇴행성이 어느 별자리" 이름처럼 들리고 "갑상선이 뉘 집 나룻배" 이름처럼 들릴 만큼 낯선 병에 걸렸다니 "어안이 벙벙했"던 것이다. 그러면서도 불길한 예감이나 병적 증상을 오히려 긍정적인 자세로 받아들이고 있다. 특히 '퇴행성'을 '별자리'로 '갑상선'을 '나룻배'로 전이시키는 언어유희적 상상이 어두운 분위기에 해학성과 신선함을 더해준다. (a)

교보문고에서

최종천

1982년 여름이었던가?
탐구당 문고 64번 T.S. 엘리어트의 시집을
몰래 가지고 나오다가 들킨 적이 있다.

끌려간 방에서 호주머니에 든 것들을 다 털어보니
나오는 것이 토큰 달랑 두 개라
나를 이끌어 간 사람이 말했다.
책은 가져가시고 다음에 오시거든 책값을 내시오.

보름쯤 지나서 나는 돈을 가지고 교보문고에 갔다.
매장 아가씨에게 그런 말을 했더니
자기도 그런 일을 어떻게 처리하는지 모른단다.
아니, 그런 거 담당하는 분이 없습니까?
감시하는 분은 있는데 그런 분은 없단다.

책값은 3500원
독서인을 섬기는 방법의 하나일 수도 있고
글쎄 먹는 것을 훔치는 것은 분명 도둑질이 아니겠으나
책이라……? 책이야말로 일용할 양식이니,
빵으로만 살아서는 안 되는 것이다.
그렇다. 책을 훔치는 것도 먹는 것을 훔치는 것과 비슷하여
도둑이라고 하기엔 2%가 부족하다

(『시산맥』 2016년 여름호)

"책 도둑은 도둑이 아니다"라는 우리의 속담은 공부를 하고 싶지만 돈이 없어 책을 훔친 경우 관용을 베풀어주려고 한 것으로 유추된다. 그만큼 가난한 사람들에게 책은 귀한 것이었다. "책 도둑은 도둑이 아니다"라는 말은 책이 인간을 만들어줄 것이라는 믿음이 든 것으로도 생각된다. 책을 훔쳐 공부한다는 것은 자신의 이익을 추구하는 것이기에 용납할 수 없다. 설령 책을 못 살 정도로 가난하다고 해도 그러하다. 그렇지만 책을 읽다 보면 가르침을 받아 자신의 잘못을 깨닫게 되고 또 어떻게 살아가야 할지 올바른 선택을 하리라고 믿은 것이다.

위의 작품의 "감시하는 분" 역시 그와 같은 믿음을 가지고 있다. 책을 훔쳐간 사람이 언젠가는 책값을 가져올 정도로 바르게 살아가리라고 기대한 것이다. 그리하여 "끌려간 방에서 호주머니에 든 것들을 다 털어보니/나오는 것이 토큰 달랑 두 개라" "책은 가져가시고 다음에 오시거든 책값을 내시오"라고 말한 것이다. 아니나 다를까 "보름쯤 지나서 나는 돈을 가지고" 갔다. 책이 사람을 만든 것이다. (d)

작은 조선소가 있는 풍경

최치언

어부는 판자에 못을 박고 대패로 세월을 민다

울퉁불퉁 비포장도로
피서객들이 바다에 간다

어부의 뒷덜미를
정오의 태양이 대못 같은 햇살을 내리박고 있다

젖은 모래엔 대패밥처럼 돌돌 몸을 말고 있는 사람들

"텅" 하니 튕긴 먹줄 위로
쭉 그려진 수평선과 맞닿은 하늘
쓰윽쓱 통째로 잘려 나간다

누군가의 벌린 입으로
어부의 작은 배가 출항한다

(『시향』 2016년 가을호)

어부가 바닷가 조선소에서 지난한 세월을 견디며 대패질을 하는 것은 새로운 세계로 가기 위한 준비이다. 피서객들이 비포장도로를 달려 바다로 가는 동안 어부는 자신이 처한 위치와 신념을 확인하듯 "판자에 못을 박"는다. 그런 어부의 뒷덜미에 뜨거운 "정오의 태양이 대못 같은 햇살을 내리박"는데 사람들은 "젖은 모래밭"에 몸을 말고 즐기고 있다. 어부는 오직 "수평선과 맞닿은 하늘"을 잘라내며 더 높은 곳으로 들어가기 위해 먹줄을 튕기고 고된 노동을 이어가는 것이다. 그 수고 끝에 어부가 "작은 배"를 완성하자 수평선 너머에서 그 수고를 지켜본 "누군가 벌린 입으로" 마침내 출항을 한다. 어부가 배를 저어가서 닿고 싶은 세계는 조선소가 있는 육지보다 더 높은 하늘 또는 넓고 푸른 먼 바다로서 이상적인 세계를 상징하는 공간일 것이다. (a)

휘파람이 부르는

최호빈

신선한 공기를 들이마시며
의자에 앉아 있을 때
매미의 커다란 울음이 우리의 머리 위로 떨어졌다
친구가 없어서 우는 거야,
그는 그렇게 지어냈지만
이미 우리는
조금 더 작아져 있는 꿈 쪽으로
서로 얼굴을 돌리고 있었다
그래도 그때는
매미의 울음을 들이마시며
입가를 떠나지 않는
그 말을
반복하고 있었다

꿈을 앞지른 그가 이제
깊은 잠에 빠지려 한다
그때그때 흔적을 지우며
조금씩 새고 있는 가스처럼
쉰 소리를 내기도 하고
혼잣말을 중얼거리기도 하다가
내킬 때만
우리의 손끝을 간질이던 시간을

품으려 한다

단 하루 만에
매미 울음을 소리 없이 쌓으려 한다

(『21세기문학』 2016년 가을호)

아련하게 사라지는 휘파람 소리처럼 청신하면서도 아득해지는 기억이 있다. 이 시에서는 그런 기억이 어떻게 생겨나고 변화되는지를 보여준다. 이 시의 첫 장면은 친구와 매미 울음을 듣는 것에서 시작한다. 함께 의자에 앉아 신선한 공기를 들이마시던 기분 좋은 순간 매미의 커다란 울음소리가 들리자 '그'는 "친구가 없어서 우는 거야"라고 즉흥적으로 말한다. 친구와 함께 있는 그 순간의 즐거움과 만족감을 그렇게 표현한 것이다. 이미 서로의 꿈을 향해 걷기 시작한 시기이지만 그 말의 울림은 적지 않았을 것이다. 친구로서 결속감을 충분히 확인할 수 있는 기분 좋은 말이기 때문이다. 그 뒤 장면은 다소 씁쓸하다. "꿈을 앞지른 그"는 예전에 자기가 그런 말을 했던 것을 기억이나 하는지 모르겠다. 자기만의 생각에 빠져 있고 "조금씩 새고 있는 가스처럼" 위태로워 보이기도 한다. 자기가 내킬 때만 친구를 찾아 위로를 받는 것 같다. 한때 가까웠던 지인의 변화가 어떤 느낌을 주는지 공감하게 되는 시이다. 그건 스산한 휘파람 소리처럼 오랜 기억을 일깨우다 사라진다. (c)

통조림

하린

겨울잠 자기에 가장 좋은 곳은 통조림 속이다
이렇게 완벽한 밀봉은 처음
모든 수식어가 바깥에 머문다

이곳에서 1인극은 생리적 현상
숨이 막혀도 웃을 수 있고 들키지 않게 울 수도 있다
그대로 멈춰서 극한의 목소리를 삼키면 그뿐

믿어야 할 것은 오직 잠이고
유통기한은 무한대니 적을 필요가 없다
용도는 단순하게 목적은 비릿하게

미발견종으로 1000년쯤 살다가
우연히 발견되는 고고학적 취향을 즐기자
미라가 돼서 타인의 꿈속을 유령처럼 걸어 다니자

누구든 통조림 안이 궁금해 서성이게 만들면 된다
한참 후에 발견될 유언 몇 줄을 빗살무늬로 새긴 상태면 족하다

어떤 천사가 뚜껑을 딱 하고 딸 때까지
처음 그대로 변질도 없이 참다가
젓가락을 가져가는 순간, 꿈틀대면 되는 거다

계절은 딱 하나다, 궁핍도 가난도 비굴도 없다
머릿속 황사가 걷히고 심장 속 늪지대가 마르고
내가 나에게 들려주던 거짓말도 삭제된다

누군가를 저주하던 버릇은 버린 지 오래다
그런데 왜 증오는 토막 난 후에도 싱싱해지고 있는 걸까, 점점 더

(『현대시』 2016년 6월호)

이 시에는 오늘을 살아가는 젊은이들의 자아와 현실이 여실히 드러나 있다. 시인은 요즈음 젊은이들의 유별난 삶, 즉 세계와 차단되어 있는 삶을 통조림에 비유한다. 심지어 시인은 자기 폐쇄, 자아 유폐를 사는 젊은이들의 삶을 두고 "겨울잠 자기에 가장 좋은" "통조림 속"이라고 말한다. 시인이 생각하기에는 "숨이 막혀도 웃을 수 있"는 곳이, "들키지 않게 울 수도 있"는 곳이 완벽하게 밀봉된 통조림 속의 삶이다. 이런 삶을 사는 젊은이들이 "믿어야 할 것은 오직 잠"뿐이다. 그러니 통조림으로서의 삶을 사는 젊은이들의 유통기한은 없다. "유통기한은 무한대"라는 표현이 가능한 것도 그런 이유에서이다. 시인은 급기야 이들 젊은이에게 통조림 속에 유폐되어 "미발견종으로 1000년쯤 살다가/우연히 발견되는 고고학적 취향을 즐기자"고 말한다. 통조림 속에 유폐되어 있는 삶을 살다 보면 어떤 누군가는 "통조림 안이 궁금해 서성이게" 마련이다. "어떤 천사가 뚜껑을 딱 하고 딸 때까지/처음 그대로 변질도 없이 참다가/젓가락을 가져가는 순간, 꿈틀대면" 된다고 시인이 자학적으로 말하는 것은 이런 이유에서이다. 마침내는 자기가 자기에게 "들려주던 거짓말도 삭제"되고 있는 것이 통조림 속 젊은이들이다. 통조림 속에 밀봉되어 있다고 하여 이들의 분노가 사라지는 것은 아니다. 시인은 이를 두고 "누군가를 저주하던 버릇은 버린 지 오래"이지만 "증오는 토막 난 후에도 싱싱해지고 있"다고 말한다. 통조림 속에 밀봉되어 이제나저제나 "어떤 천사"에 의해 개봉되기를 바라며 살아가는 젊은이들의 삶이 너무도 안타깝다. (b)

밀당은 밀담과 다름없으니

한소운

소나무가 팔층까지 팔을 뻗는 동안 나는 무얼 했나
한낮 열기 한풀 꺾은 소슬바람 타고
까치와 까마귀가 우짖는다
까치가 가, 가, 하니
까마귀는 와, 와, 하며 대꾸하고
그 소리 삼키며 노을이 더 붉다
나는 산 하나를 통째로
발코니 통유리로 끌어들여 밀당 중이다
밀당은 밀담과 다름없으니
한 발 앞으로 디밀다가
한번은 뒤로 빼서 멀찍이 말을 건네는
저 산속에, 저 유리창 너머에 깃든 것들
묵직한 저녁처럼 통치마에 담고 밤을 맞이할 것이다
누구도 그립지 않은
팔층까지 팔뚝을 쳐든 소나무처럼
꽉 찬 저녁이다

(『시와경계』 2016년 가을호)

화자는 소나무가 자신이 살고 있는 팔층 높이까지 자라서 팔을 벌리고 있는 것을 뒤늦게 발견했는가 보다. 그 소나무를 보다가 까치와 까마귀가 가, 가, 아, 아라고 서로 부르며 대답하는 소리를 듣는다. 그리고 그 소리를 엿듣다가 산마루 위의 하늘에서 붉게 물드는 노을을 바라본다. 그렇게 자연과 우주가 서로 어울려 교감을 나누는 것을 보던 화자는 "산 하나를 통유리로 끌어들여 밀당"을 한다. 한 발을 디밀다가 뒤로 물러서서 말을 건네는 산과 밀담을 나눠본다. 저녁이 지나 밤이 되어 짙어지는 어둠은 화자와 "유리창 너머에 깃든 것들"의 경계를 지워 하나가 되게 할 것이다. 그러면 화자도 외로움을 잊고 "누구도 그립지 않은" 채 "팔뚝을 쳐든 소나무"가 될 것이다. (a)

뉘,

한영옥

서로를 전혀 믿지 않으면서도
노상 웃음 갖춘 헛 얼굴로
이 말도 하고 저 말도 받고
오고 가는 말들 간신히 이어지는
가릉거리는 시간의 안절부절은
뉘, 보내주시는 선물인지
심장 터질 듯 후줄근한 느낌도
한번 맛있게 먹어보는 거라고
그래야 울긋불긋 심심치 않은 법이라고
뉘, 베풀어주시는 선물인지
사람으로 났으니 사람으로
겪을 일은 죄다 겪어보는 거라고
허영청(虛影廳), 쓸모없는 시간도
조용히 용인해두면 쓸데 있을 거라고
뉘, 보내주시는 귀한 선물인지.

(『시와시학』 2016년 겨울호)

이 시에는 "뉘, 보내주시는 선물인지"라는 구절이 세 번 반복되고 있다. 다름 아닌 이때의 '뉘'를 제목으로 삼고 있는 것이 이 시이다. 그렇다면 "누구"의 준말인 '뉘'는 무엇을 뜻하는가. 아마도 인간의 복잡하고 불안한 마음까지 다 관장하는 신을 뜻하는 것이리라. 하느님이라고도 불리는 절대자 말이다. 이 시의 모두(冒頭)에서 시인은 "서로를 전혀 믿지 않으면서도/노상 웃음 갖춘 헛얼굴로/이 말도 하고 저 말도 받고"는 것이 대다수의 인간이라고 생각한다. 시인이 "오고 가는 말들 간신히 이어지는/가릉거리는 시간"에 "안절부절"하는 것은 따라서 당연하다. 그런 중에도 시인은 이런 마음조차 "뉘, 보내주시는 선물인지"라고 하며 자신의 안에 절대자 하느님을 받아들이기 시작한다. 절대자 하느님과 관련한 인간의 마음에 대한 시인의 이런 이해는 다음의 구절에도 그대로 이어진다. "심장 터질 듯 후줄근한 느낌도/한번 맛있게 먹어보는 거라고/그래야 울긋불긋 심심치 않은 법이라고" 등의 구절이 바로 그것이다. 물론 그는 이런 고통도 또한 "뉘, 베풀어주시는 선물"로 이해한다. 시인이 생각하는 절대자 하느님은 "사람으로 났으니 사람으로/겪을 일은 죄다 겪어보는 거라"라고 하는 존재인 것이다. 마침내 시인은 "허영청(虛影廳), 쓸모없는 시간도/조용히 용인해두면 쓸데 있을 거라고" 생각한다. "허영청(虛影廳), 쓸모없는 시간"도 "뉘, 보내주시는 귀한 선물"로 받아들이는 것이다. 따라서 이제는 어떤 고통도 다 긍정적으로 수용할 수 있는 자아 개념을 갖게 된 것이 시인이라고 할 수 있다. (b)

날짜 밖의 요일

한정원

너는 다음에 만날 약속을 할 때
언제나 요일부터 묻는다
무슨 요일에 만날까

날짜보다 요일이 생의 중심으로 먼저 걸어 들어온다
날짜는 편견과 선입견으로 가득한 엉겅퀴 그물망
빠져나가야만 하는 다섯 줄의 줄넘기
태양과 바다와 대지가 있어서 너는 요일을 먼저 쓴다
목성과 토성을 불러본 적이 있기에
나는 눈부신 요일로 행성의 시간을 대답해준다

째깍째깍 사라지는 소리의 뼈를 만지며
수요일에 걸어놓은 코르크판의 압정을 뺀다
조금 전에 흘러나온 음악은 어느 곳으로 날아갔나
전등을 끄면 조금 전의 불빛은 어디에 가 있는 건가
어제 아침 햇빛은 어느 계단에 어둠으로 접혀 있나

모든 날들은 사라졌다고 말한다
너는 일곱 개의 행성을 공중에 걸어놓고
당신은 무엇에 흔들립니까? 질문한 적이 있다

날짜보다 더 오래 살고 있는 요일에 대해서

불덩어리가 되어 우주를 떠도는 별에 대해서
아직 발음하지 않은 요일에 더 흔들린다고
나는 화요일이라고 먼저 쓰고
7월 26일이라고 뒤에 쓴다
일요일을 먼저 쓰고 수많은 날들을 뒤에 쓴다

(『시와세계』 2016년 여름호)

작품의 화자와 가까운 사이에 있는 "너는 다음에 만날 약속을 할 때/언제나 요일부터 묻는다." "무슨 요일에 만날까?" 하는 것이다. "너"에게는 "날짜보다 요일이 생의 중심으로 먼저" 들어온다. 그 이유는 "날짜는 편견과 선입견으로 가득한 엉겅퀴 그물망"인 데 비해 "요일"은 "태양과 바다와 대지가 있"기 때문이다. 그리하여 작품의 화자는 "목성과 토성을 불러본 적이 있기에" "눈부신 요일로 행성의 시간을 대답해준다." 또한 "너는 일곱 개의 행성을 공중에 걸어놓고/당신은 무엇에 흔들립니까? 질문한 적이 있"는데, 화자는 "날짜보다 더 오래 살고 있는 요일에 대해서/불덩어리가 되어 우주를 떠도는 별에 대해서/아직 발음하지 않은 요일에 더 흔들린다고" 대답했다. 그리하여 "화요일이라고 먼저 쓰고/7월 26일이라고 뒤에 쓴" 것이다.

"날짜"는 일자(日字)로써 역법계에서 표현하는 날이다. 현재 세계적으로 통용되는 "날짜"는 그레고리력(Gregorian calendar)에 의한 것이다. 1582년 교황 그레고리오 13세가 율리우스력을 개정해서 시행했는데, 연월일로 나누었다. 이에 비해 "요일"은 한 주(週)의 각 날짜별로 이름을 붙인 것이다. 고대 로마인들은 태양, 달, 화성, 수성, 목성, 금성, 토성에 요일의 이름을 붙였다. 따라서 "요일"은 "날짜"에 비해 좀 더 천체를 따른다. 인간이 우주의 한 구성원이라는 인식을 좀 더 갖게 하는 것이다. (d)

종이 상자 시론(詩論)

함민복

종이 상자가 납작하게 접혀 있다
종이 상자는 겸손하다
물건을 담기 전 자신의 모습을 내세우지 않는다

종이 상자에도 글씨가 있다
글씨가 내용이 되지 않고
내용물을 대변한다

주로 질 낮은 종이로 만든다지만
파도 모양 골판지로 음양의 힘을 깨치며
중심에 어깨 맞댄 비움의 뼈대를 촘촘히 채운다

종이 상자는
나란히 연대하고
차곡차곡 공간을 절제한다

자신의 마음을 드러내는 것보다
다른 사람의 마음을 잘 담아내는
시(詩)가 더 깊은 시라면

종이 상자는
과묵한 시집이다
나무처럼 우직한 시인이다

(『창작과비평』 2016년 여름호)

시인은 '종이 상자'로 시 창작의 과정과 시의 미학적 특성을 보여 주고 있다. '종이상자'가 시의 소재인 언어라면 그 속에 담는 물건, 즉 시인의 미적 의도가 내포되기 전에는 단지 의미가 없는 기표일 뿐이다. '종이 상자'에 쓰인 "글씨"는 언어 기호의 기표로서 고정된 의미를 갖지 않고 시인이 담은 "내용물", 즉 시적 의미를 대신한다. 그리고 '종이 상자'가 암시하는 시어는 암축과 생략으로 "비움의 뼈대"를 세워 여백의 미를 갖는다. 또한 그것은 "나란히 연대"하여 새롭고 절제된 언어적 상징 체계인 시를 구축한다. 그렇게 완성된 시는 "자신의 마음"을 감추면서도 "다른 사람의 마음을 잘 담아내"어서 감동을 준다. 그리고 직접 내용을 말하지 않고 "과묵한 시집"이 되어 독자들이 스스로 알아차리고 깨닫게 한다. (a)

고비

함순례

모래가 운다 네 발로 기어 올라가
모래바람이 토해내는 햇살처럼 부서지다가
여럿이 한 발 한 발 내딛으며 내려오면
낮고 깊은 소리로 모래가 운다
가슴 저 밑바닥 오래 쟁여 있다가
새어 나오는 울음 같다
어디서 불어와 여기 쌓이고 있는지
몇 겁의 시간이 이리 장엄한 모래톱을 세운 건지
알 수 없어 노을처럼 붉어진다
사람이 사람을 그리워하지 않을 수 없는 여기
내일이 없는 여기
살아남는 것이 최고의 가치인 여기
고비를 넘는 것은 고비에게 안기는 일이다
고비의 주름살 속으로 들어가
그 깊고 낮은 울음소리 온몸에 쟁이는 것이다
차마 알 수 없는 것들이 쌓이고 쌓여
부드러운 기적을 이루어놓았듯
미끄러지고 허물어지는 오늘이
오늘을 씻기고 어루만지는 것이다
가볍게 간절하게

(『황해문화』 2016년 겨울호)

시인은 이 시에서 “모래가 우는” 몽골의 고비사막을 여행 중이다. 고비사막을 여행하며 삶의 고비에 대해 생각하고 있는 것이 여기서의 시인이다. 따져보면 누구의 삶에나 고비가 있기 마련이다. 이 삶의 고비를 어떻게 넘기느냐가 중요하다. 시인은 여기서 “고비를 넘는 것은 고비에게 안기는 일”이라고 말한다. 이는 삶의 고비가 다가왔을 때 피하지 않고, 그것과 정면으로 맞서는 일이기도 하다. “고비의 주름살 속으로 들어가” “깊고 낮은 울음소리”를 “온몸에 쟁이는 것” 말이다. 시인은 지금 “사람이 사람을 그리워하지 않을 수 없는” 곳, “내일이 없는” 절망적인 곳, “살아남는 것이 최고의 가치인” 곳인 고비사막의 한복판에 서 있다. 이곳에서 그는 “낮고 깊은 소리로 모래가” 우는 소리를 듣는다. 고비를 넘기는 “몇 겁의 시간”을 수많은 모래알의 이미지로 형상화하고 있다. “차마 알 수 없는 것들이 쌓이고 쌓여/부드러운 기적을 이루”듯이 경험이 쌓이다 보면 “미끄러지고 허물어지는 오늘”의 이 고비도 또한 잘 헤쳐 나아갈 수 있으리라. 그렇다. 시인은 어느 누구나 이런 고비를 “간절하게” 잘 넘기면서 좀 더 성숙해가는 것이라고 생각한다. (b)

초승달

허문태

첫 수업이다.
칠판에 물음표를 그리다 말고
마무리도 않은 채 백묵을 내려놓는다.
깜깜 오리무중 학생들
칼이라고 하는가 하면, 꽃잎이라고 하기도 하고,
손이라고도 하고, 뿔이라고 하기도 하고
무언가 말할 듯 말 듯
첫 수업이라며 일찍 끝낸다.
내일부터는 조금씩 수업 시간이 길어질 거라 한다.
바람 같은 것일까?
물길 같은 것일까?
서서히 갇혀가는 것일까?
한꺼번에 다 보여줄 수 없는 것은
아직 수천 번의 기회가 더 남아 있어서란다.
어머니의 눈물 속에는 둥근 마음이 환하기 때문이란다.
설렌다.

(『미네르바』 2016년 여름호)

시인은 검은 밤하늘에 초승달이 떠오르는 것을 보고 "첫 수업"을 시작하여 "칠판에 물음표를 그리다" 마는 장면에 비유한다. 학생들은 물음표가 된 초승달을 보고 "칼, 꽃잎. 손, 뿔" 등이라고 각각 달리 말한다. 그런데 차츰 초승달이 차오르며 밤하늘에 떠 있는 시간도 길어질 것이다. 그래서 "조금씩 수업 시간도 길어질" 텐데 그런 현상은 바람이 불어가고 물길이 흘러가는 것과 같은 것일까. 또는 초승달이 불러일으키는 상상의 범위가 "서서히 갇혀가는 것"일까. 그러나 달은 앞으로 많은 세월 동안 뜨고 질 테니 "아직 수천 번의 기회가 더 남아 있어서" 물음에 대한 답을 "한꺼번에 다 보여줄 수 없다"는 것이다. 시인은 그런 초승달이 점점 차올라서 보름달이 되듯 "어머니의 눈물 속에 둥근 마음이 환하"게 숨어 있다고 한다. 그렇게 초승달을 보며 미리 보름달처럼 둥글고 환한 모성의 깊이를 헤아려보는 것이다. (a)

밥 또는 법

허순행

밥이 음지로 들면 법이 된다

('ㅂ'이 'ㅓ'자와 어울리면 초록은 들판을 물들이고
이윽고 새들은 가을을 물고 온다)

가을이 징검다리를 건너오고 도랑물이 도란도란 말을 걸고 엄마는 하얗게 김이 오르는 밥을 상에 올린다 아버지가 누운 아랫목에서 검은 냄새가 나자 밥은 문득 법이 되었다 엄마의 법은 단단하고 어두워졌다 뜨거운 수렁을 건너야 했고 막막한 사막을 걸어야 했고 김이 서린 11월을 갈무리해야 했고 밥상 앞에 머리털이 허연 겨울을 앉혀야 했다

아침마다 고봉으로 자리 잡는 법 앞에서
엄마의 밥은 찬 손으로 허공을 닦았다
모음 'ㅏ'가 따라오지 못하고 뒷걸음질을 쳤다

나는 늘 ㅏ와 ㅓ 사이에 걸터앉아 문밖을 살폈다

(『시문학』 2016년 4월호)

시의 일차적 소재인 언어기호는 기의와 기표인 문자 또는 음성의 결합으로 이루어져 있다. 그런데 시인은 먼저 기표인 문자의 형태에 시선을 멈추고 자음 'ㅂ'에 결합되는 모음의 변화에 따라 변하는 시어에 새로운 의미를 부여한다. 'ㅂ'이 'ㅕ'자와 어울리면 밥의 재료인 쌀이 열리는 '벼'가 되어 여름엔 들판을 초록으로 물들이고 가을엔 누렇게 익어갈 것이다. 그런데 "아버지가 누운 아랫목에서 검은 냄새가 나자" 엄마는 가족들을 보살피고 지키기 위해 '밥'을 절대적으로 지켜야 할 '법'으로 여기며 살았다. 그리고 "머리털이 허연" 나이까지 온갖 고난을 극복하며 "아침마다 고봉으로" 밥을 차려놓고 "허공을 닦"아 새로운 하루를 열었다. 화자는 "ㅏ와 ㅓ 사이", 병든 아버지와 어머니 사이에서 새로운 희망을 기다리며 "문밖을 살폈다". (a)

날마다 좋은 날

홍사성

외출에서 돌아오니 밤손님 다녀가셨다 곳곳에 공룡 발자국 같은 흔적 남겨놓았다 없어진 건 작은애 금반지 하나 다행이다 비상금 감춰 둔 책은 손대지 않았으니

아내가 갑자기 큰 수술 받았다 아닌 밤중에 날벼락이 따로 없었다 고맙게도 곧 회복돼 호랑이도 때려잡을 기세다 다행이다 누구는 수술 받다 끝내 눈 못 떴다는데

안개 낀 날 아뿔싸 교통사고를 당했다 폐차 직전 차 공장에 넣었더니 이 정도면 중상 아니면 사망이란다 다행이다 밥 벌어먹을 몸은 그런대로 멀쩡하니

걸어온 길 돌아보니 파란이 백천만장이다 넘어지고 고꾸라진 적 한두 번이 아니다 팔자 사나웠으면 벌써 절 받았을 인생 정말 다행이다 아직 살아 이렇게 웃고 있으니

(『시와시학』 2016년 봄호)

사람들에게 '좋은 일'과 '기쁜 일'은 어떤 것일까. 사람들은 좋은 일과 기쁜 일을 멀리서 찾는다. 하지만 좋은 일과 기쁜 일, 즉 행복은 멀리 있는 것이 아니다. 늘 우리 주변 가까이에 있는 것이 행복이기 때문이다. 사람들이 소소한 행복은 인정하려 들지 않아 행복을 느끼지 못하는 것이다. 불가에서는 일체유심조(一切唯心造)라고 하지 않는가. 모든 것은 마음먹기에 따라 달라진다는 것이다. 시인은 이를 세 가지 예화를 통해 진술한다. 첫째는 지난밤 집에 "밤손님"이 다녀갔다는 것이고, 둘째는 "아내가 갑자기 큰 수술을 받았다"는 것이며, 셋째는 시인이 "교통사고를" 당했다는 것이다. 시인은 이들 사건을 겪은 것에 대해 "넘어지고 고꾸라진" 것은 아니라며 웃는다. 또한 그는 도둑이 들었으나 "없어진 건 작은애 금반지 하나"이고, 아내가 수술을 받았으나 "고맙게도 곧 회복돼 호랑이도 때려잡을 기세"이고, 교통사고가 났지만 "밥 벌어먹을 몸은 그런대로 멀쩡하니" 다행이라고 생각한다. 그렇다. "걸어온 길 되돌아보"면 누구나 "파란이 백천만장"이다. 꽃길만 행복하고 편하게 걸어온 사람은 많지 않다. 시인 또한 마찬가지이다. 그래서 그는 "팔자 사나웠으면 벌써 절 받았을 인생"이지만 "살아서 이렇게 웃고 있으니" 얼마나 다행이냐고 받아들인다. 한 소식을 한 시인의 한 경지를 읽을 수 있는 시이다. (b)

정시성(定時性)

홍지호

커튼을 치면 어두워졌다

알고 보면
그건 슬픈 일이다

사고로 딸을 잃은 아저씨를 만났다
기차를 기다리면서
어린아이가 된 거 같다며 웃는 아저씨가
웃고 있다고 생각하지 않았다

때가 되면 꽃이 피고 진다는 생각이 스쳤고
죄책감을 느꼈다

넘어져도 울지 않는 아이들이 있었다
우리는 별수 없이 좋아하는 음식의 종류가 늘어나고

아무도 짐작하지 못해도
꽃들이 자꾸 피어날 시간이 있었다

커튼 사이로 빛이 들어오고 있었다

먼지들이 떠다니는 것이 보였다

행성을 생각했고 작지 않다고 생각했다
먼지는 언제나 떠다니고 있었어도

누군가의 커튼 사이로
빛이 통과하자
숨을 쉬는 것이 어려웠다

우리의 행성에서는 떠다니지 못하는 기차
사람들이 가득했다

빈 좌석들과 상관없이

기차는 조금도 지연되지 않았다

알고 보면 모두
슬픈 일이다

(『21세기문학』 2016년 가을호)

이 시에는 몇 개의 이미지가 병치되어 있다. 커튼이 있는 창, 기차역, 꽃이 피고 지는 풍경이 그것이다. 그 이미지들은 직접적인 관련 없이 나열돼 있지만 일관된 분위기를 형성한다. 가장 먼저 나오는 "커튼을 치면 어두워졌다//알고 보면/그건 슬픈 일이다"에서는 아직 그 이유를 짐작하기 어렵다. 다음 장면은 기차역에서 만난 아저씨의 이야기이다. 사고로 딸을 잃은 아저씨가 어린아이가 된 것 같다며 웃는 모습에서는 오히려 슬픔이 느껴진다. 그리고 갑자기 "때가 되면 꽃이 피고 진다는 생각이 스쳤고/죄책감을 느꼈다"는 진술이 나온다. '슬픔'에서 '죄책감'으로 감정이 전이되는 이유도 분명치 않지만, 채 피어나지 못했던 아저씨의 딸에 대한 연민이 아닌가 추측해볼 수 있다. 그다음 장면을 통해 그런 추측이 보다 강화된다. 넘어져도 울지 않고, 좋아하는 음식의 종류가 늘어나는 것은 어른이 되어가는 증거이다. 우리는 알지도 못하는 사이에 어른이 된다. 꽃들이 때가 되면 자꾸 피어나듯이. 다음 장면에서는 커튼 사이로 빛이 들어온다. 빛이 비치자 떠다니는 먼지들이 눈에 들어온다. 떠다니는 무수한 티끌에서 우주와 행성을 떠올리게 되고 지금 이곳에 붙들려 있는 자신의 왜소함을 돌아보게 된다. "우리의 행성에서는 떠다니지 못하는 기차/사람들이 가득"한데, 무어 그리 대단한 일이 기다리고 있는지 기차는 조금도 지연되지 않고 달려간다. "알고 보면 모두/슬픈 일이다". 이제 슬픔은 처음보다 더 확대되어 있다. 커튼을 치면 보지 못하던 진실이 커튼 사이의 빛을 통해 분명히 드러나게 된 것이다. 우리는 우주의 티끌 같은 존재로서 닫힌 세계에서 조바심 치며 살아간다. 기차는 미처 오르지 못한 사람들을 기다려주지 않고 정시에 출발한다. 빈자리를 아랑곳하지 않고 내달리기만 하는 기차의 정시성(定時性)을 슬픔으로 받아들이는 그 마음의 결이 남다르다. (c)

압화

황구하

올해는 개망초 농사가 풍년입니다 그러니 아버지 빈 밭 그냥 둔다고 걱정하지 마세요 농사 중에 가장 수월한 농사인걸요 어질어질 농약 안 쳐도 되고 뿌리든 이파리든 파고들어 갉아 먹는 벌레도 안 낀답니다 농사꾼 발소리 듣고 작물이 큰다 하지만 알고 보면 그것도 옛날이야기인 듯싶어요 흙먼지 날리는 가뭄도 사뿐, 천둥소리 당산나무 뿌리 뽑던 장마도 에돌아 초록초록 잘 건너는걸요 아버지, 바람결에 하얗게 하얗게 일렁이는 꽃무리는 또 얼마나 예쁜가요 보세요 저승길 어둠 씻으며 마을로 흘러내리는 저 환한 열엿새 달빛, 밭 한가운데 정화수 한 사발 떠놓고 절이라도 하고 싶은 지경입니다 참깨 꼬투리 졸망졸망 열리던 둔덕 나 아니면 안 된다고 아버지 애써 들러볼 겨를 없어도 스스로 나고 스스로 자라 저희끼리 꼿꼿이 어깨 걸고 행군하는 자갈밭 아무래도 아버지의 아버지, 또 아버지의 아버지 그 모든 농사꾼 신명 한 숨 한 숨 모두어 저렇게 뿌리내리고 실한 꽃대를 세우나 봐요 이제 곧 올망올망 핀 꽃송이 송이마다 망망한 알곡도 맺을 거예요 그러니 너무 걱정 마세요 아버지 올해도 제 개망초 농사는 풍년입니다

(『시와문화』 2016년 가을호)

아버지가 경작하다 저승길로 떠나면서 버려두고 간 빈 밭에 개망초만 우거져 꽃을 피우고 있다. 시인은 "참깨 꼬투리 졸망졸망 열리던 둔덕"에 피어나 "하얗게 일렁이는 꽃무리"를 경쾌한 리듬에 실어 묘사하고 있다. 그 예쁜 풍경 이면에는 가뭄과 장마를 이기며 그 밭을 돌보며 힘겹게 살다 간 아버지에 대한 그리움과 감사가 은밀하게 숨어 있어 특유의 아이러니를 느끼게 한다. 더욱이 그 척박한 자갈밭은 대대로 아버지를 비롯한 모든 "농사꾼 신명 한 숨 한 숨이 모두어" 뿌리내리고 자라며 꽃을 피운 곳이다. 시인은 그곳에서 "올망졸망 핀 꽃송이"가 알곡을 맺을 것이란 기대를 해본다. 그 개망초꽃은 아버지의 수고로 닦아놓은 삶의 터전에서 평화롭고 아름답게 대를 이어가며 자라는 후손들의 모습일 것이다. (a)

2017
오늘의
좋은
시